मुसाफिर हूँ यारों...

यात्रा वृतान्त

डॉ0 नवीन शंकर पाण्डेय
प्रबन्ध निदेशक,
डॉ0 दया शंकर पाण्डेय शोध संस्थान
सुरहुरपुर- अम्बेडकर नगर, उ0प्र0

सन्मति

ISBN: 978-93-883659-6-3

प्रकाशक

सन्मति पब्लिशर्स एण्ड डिस्ट्रीब्यूटर्स

बी-347, संजय विहार,

मेरठ रोड, हापुड़-245101 (उ0प्र0)

website : www.sanmatiindia.com

email: sanmati555@gmail.com

मो. 8439645104, 7302710291

प्रथम संस्करण : 2020

आवरण

RETROTEK

युग पुरुष डॉ0 दया शंकर पाण्डेय जी को

सादर समर्पित

आभार

उन सभी लोगों का जिन्होनें मेरी इन यात्राओं में कहीं न कहीं प्रत्यक्ष या अप्रत्यक्ष रुप से अपना सहयोग दिया है। उन सभी साहित्यकारों का जिनकी कृतियाँ मेरे लेखन की प्रेरणा स्त्रोत बनी। उन सभी मित्रों, परिजनों एवं गुरुजनों का, जिन्होनें हर कदम पर मेरा मार्गदर्शन किया है। सदा नतमस्तक रहूँगा अपने स्व0 पिता जी के प्रति जिन्होनें मेरे मार्ग की हर बाधा को सदैव दूर करने का प्रयास किया। आज वो हमारे बीच में नहीं है, लेकिन उनके कहे गये हर शब्द मेरा मार्गदर्शन करते रहते है।

मन की बात

मुसाफिर हूँ यारों... न घर है ना ठिकाना, मुझे तो बस चलते ही जाना बस..... चलते ही जाना... न जाने क्यों इस गाने की लाइनें मुझे सदा से ही प्रेरित करती आई हैं। यात्रा का शौक किसे नहीं होता? मेरे ख्याल से सबको होता होगा, अब ये बात अलग है कि किसी को ज्यादा शौक होता है, किसी को थोड़ा कम। जहाँ तक मेरी बात है, मैं तो बचपन से ही घूमने का शौकिन रहा हूँ। मुझे तो बस घूमने का कोई न कोई बहाना चाहिये होता है जो अक्सर मुझे मिल ही जाता है।

मेरा ऐसा मानना है कि घूमने से तन और मन दोनों को ही शान्ति मिलती है। घूमने से व्यक्ति के ज्ञान में भी वृद्धि होती है। प्राचीन भारत में तो शिक्षा का यह एक प्रमुख अंग था। इतना अवश्य है कि व्यक्ति को निरुद्देश्य नहीं भटकना चाहिए। मेरी इन अधिकांश यात्राओं का प्रयोजन कोई प्रवेश परीक्षा रहती थी या इन्टरव्यू रहता था या नौकरी या फिर शोध रहता था। मेरी पूर्व प्रकाशित पुस्तक 'सन् 1857 का गद्‌र एवं अवध का रण' शोध के क्षेत्र में की गयी यात्राओं का ही परिणाम है। मेरी तमाम यात्रायें तो ईश्वर के प्रति मेरी आस्था के चलते भी हुई हैं, जिसकी झलक आपको इस पुस्तक में मिलेगी। अपने उत्तर प्रदेश में ही तमाम ऐसे धार्मिक तथा पर्यटन स्थल मौजूद है कि आपको और कहीं बाहर जाने की आवश्यकता ही नहीं है। वैसे तो घूमने के लिए दुनिया भी कम है। लोग चाँद और तारों की भी सैर करना चाहते है और कर भी रहें हैं। मेरा ऐसा मानना है कि घूमने का सीधा सम्बन्ध आर्थिक स्थिति एवं अपनी रुचि पर भी निर्भर करता है।

कभी सोचा नहीं था कि अपनी की हुई तमाम यात्राओं को यात्रा वृतान्त के रुप में सबके सामने व्यक्त करूँगा। मगर मन में कहीं न कहीं कोई कसक थी कि अपने इन अनुभवों को आप सब के सामने लाऊँ। मैं अपनी तरफ से ऐसा कोई दावा नहीं करता हूँ कि यह किताब आपको बांधे रखेगी; मगर इतना तो कह ही सकता हूँ कि यह अपने पाठकों को निराश भी नहीं करेगी।

आशा है कि यह पुस्तक पाठको को जरूर पसन्द आयेगी।

- **डॉ0 नवीन शंकर पाण्डेय**

बलिया हाऊस, सुरहुरपुर

अनुक्रमाणिका

किच्छा, काशीपुर, नैनीताल, अल्मोड़ा एवं बागेश्वर-एक नजर

बहुत ही उलझन में था कि शुरुआत कहाँ से करूँ। पर्यटन की जो लिस्ट है उस लिस्ट में से मैंने देवभूमि उत्तराखण्ड को सबसे पहले चुना। नवसृजित उत्तराखण्ड राज्य; भारतीय जीवन के धार्मिक विश्वासों, अपनी विशिष्ट सांस्कृतिक परम्पराओं, ऋषि-मुनियों की तपोभूमि के साथ ही अपने नैसर्गिक सौन्दर्य एवं भौगोलिक स्थिति के कारण, केवल भारतवर्ष ही नहीं अपितु विश्व के पटल पर अपनी उपस्थिति को दर्ज कराता है। कुमाऊँ के इन तमाम पर्यटन स्थलों के अपार सौन्दर्य का वर्णन केवल कुछ शब्दों में नहीं किया जा सकता, फिर भी मैंने अपने पाठकों के लिए एक ईमानदार कोशिश की है।

आपको बताते चले कि सन् 1997 में मैंने मैकेनिकल इंजीनियरिंग से अपना डिप्लोमा टाउन पालिटेक्निक बलिया से पूरा कर लिया था। अब बात रोजगार को लेकर थी, जो मिल नहीं रहा था। 1998-1999 में मैंने एन0टी0पी0सी0 सिंगरोली से अपना एक वर्ष की अप्रेन्टीस भी पूरी कर ली थी। रोजगार न मिल पाने की दशा में सन् 2000 में बनारस से बी0एड0 भी कर लिया। नौकरी की सम्भावना अब भी कहीं बन नहीं पा रहीं थी। थक हार कर मैंने एम0 ए0 प्राचीन इतिहास से बलिया से कर लिया, जो सन् 2002 में पूरा भी हो गया। अब तो पढ़ाई भी पूरी हो चुकी थी, मगर नौकरी अब भी मिल नही पा रही थी।

सन् 2005 की बात है एक दिन दिलदार नगर गाजीपुर से पिताजी का पढ़ाया हुआ कोई शिष्य, पिताजी से मिलने के लिए मकान खोजता हुआ घर पर आया। मई का महीना था। उस गर्मी में मकान को खोजते-खोजते वो पूरा पसीना-पसीना हो गया था। बातों ही बातों में उसने पिताजी से पूछ ही लिया कि "सर... आपको कोई परेशानी तो नहीं है न! मेरी गुरु दक्षिणा अभी बाकी है। मैं अब इस योग्य हो गया हूँ कि आपकी कोई भी इच्छा पूरी कर सकूँ।"

पिताजी ने कहा कोई खास नहीं, बस मेरे इस लड़के की कहीं पर नौकरी अगर लग जाती तो अच्छा था।

पिताजी के आदर्श शिष्य ने मुझे पास बुला कर मेरी योग्यताओं के बारे में जानकारी प्राप्त की तथा मुझे यह अश्वासन भी दिया कि वह जल्द ही कहीं न कहीं मेरी नौकरी की व्यवस्था करा देंगे। एक हफ्ते के बाद अचानक ही उनका फोन आया। उन्होंने मुझे बताया कि आपके लिए किसी पेपर मिल में बात किया हूँ। आप चाहें तो शिलाग चले जाये अथवा नैनीताल। मैंने नैनीताल के बारे में सुन रखा था कि वह काफी मनोहारी जगह है। अतः मुझे निर्णय लेने में कोई परेशानी नहीं हुई।

ऐशबाग से ट्रेन पकड़ कर मैं किच्छा होते हुए लालकुआं पहुंच गया। यहाँ पर मुझे किसी एस0 सी0 गुप्ता जी से, जोकि सेन्चुरी पल्प एण्ड पेपर में सीनियर सुपरीटेनडेन्ट के पद पर कार्यरत थे, मिलना था। ट्रेन एकदम सुबह ही लालकुआं स्टेशन पहुंच गयी। मैंने एक बार पूरा स्टेशन घूम कर देख लिया। वास्तव में, मैं उस समय उस कुएँ को ढूंढ रहा था, जिसके नाम पर इस स्टेशन का नाम लालकुआं पड़ा है। कुआं तो मुझे मिला नहीं मगर तमाम टैक्सी वाले, जोकि अब तक नैनीताल-नैनीताल कह कर पुकार रहे थे, मेरी तरफ बढ़ कर मुझे नैनीताल घूमने का आफर देने लगे। मैंने उन्हें समझाया कि मैं नैनीताल घूमने नहीं आया हूँ। अब मुझे किसी ऐसे होटल की तलाश थी जिसका बजट मेरी पॉकेट के हिसाब से सही हो तथा जो स्टेशन के करीब भी हो, जिससे उसे दुबारा ढूँढने में मुझे कोई दिक्कत न हो। मेरी एक कमी है कि मैं रास्ता बहुत जल्द ही भूल जाता हूँ। मेरी तलाश जल्द ही पूरी हो गयी, 'होटल सागर' में मुझे 200 रुपये में डबल बेड वाला कमरा मिल गया।

होटल के कमरे में पहुंच कर, मैंने नहा-धोकर, गुप्ता जी को फोन करके अपने आने की सूचना दे दी। गुप्ता जी एक घण्टे के अन्दर ही मेरे होटल पहुँच गये। उन्होंने मुझे बताया कि आपको ट्रेन पकड़ कर काशीपुर जाना पड़ेगा, वहाँ पहुँच कर 'बनवारी पेपर मिल', जोकि रामनगर जाने वाले रोड़ पर स्थित है, वहाँ के जनरल मैनेजर से मिलना होगा। इस सन्दर्भ में उन्होंने अपने किसी जान-पहचान के व्यक्ति से एक पत्र भी लिखवाकर मुझे दे दिया। उन्होंने यह भी बता

दिया कि एक ट्रेन शाम को तथा दूसरी ट्रेन सुबह काशीपुर जाती है। मैंने सुबह वाली ट्रेन से जाने का फैसला किया।

ट्रेन से आते समय मुझे रास्ते में किच्छा ने बहुत ही प्रभावित किया। एकदम से हरा-भरा यह क्षेत्र मेरे मन को मोह गया था। किच्छा नगर का नाम महाभारत काल के राजा कीचक के नाम से जुड़ा हुआ है। अंग्रेजों ने आजादी से पहले इस क्षेत्र को शिकार खेलने और पर्वतीय क्षेत्रों में जाने के लिए विश्राम गृह के रूप में चुना था। पुराने बरेली रोड पर बना हाथीखान (वर्तमान में जूनियर स्कूल) नगर की तहसील की इमारतें इस बात को दर्शाती हैं कि यह स्थान अंग्रेजों के लिए कितना प्रिय था। 1949 के आस-पास जब लोगों ने इस क्षेत्र में बसना प्रारम्भ किया तो रेलवे स्टेशन को छोड़कर कोई अन्य इमारत नहीं थी। उस समय इलाहाबाद हाईकोर्ट के चीफ जस्टिस सर इकबाल अहमद इस क्षेत्र में आये और यहाँ की हरियाली को देख कर यहीं पर बस गये।

यहाँ पर जंगली जानवर, शेर, भालू, चीता, गुलदार अत्यधिक थे। इकबाल अहमद के बाद उनके पुत्र इस्लाम अहमद जोकि यू0पी0 में आई0 जी0 पुलिस थे, ने इस इलाके को अपना विशेष योगदान दिया। दरऊ के खान बहादुर मोहम्मद सरबत यार खान जो उस समय के आनरेरी मजिस्ट्रेट थे, उनकी अगुआई में किच्छा में एकत्र होकर सभी समस्याओं का निदान होता था।

आज राधा स्वामी सत्संग के पास से निकलने वाली नहर, जिसका नाम समदपुरी नहर है, यह अब्दुल समद के नाम से रखी गई थी। 1946 में तुर्का गोरी क्षेत्र में आदमखोर शेर को मारने के लिए आए दिलावर खाँ को शेर ने पेड़ पर चढ़कर मार गिराया था।

आजादी के बाद इस क्षेत्र में पाकिस्तान से आये पंजाबी परिवारों को सरकार ने शरणार्थी का दर्जा देकर उन्हें जमीन एलाट की जो इस पूरे क्षेत्र के विकास के लिए मील का पत्थर साबित हुई। पंजाब एवं पाकिस्तान से आये इन मेहनतकश पंजाबियों ने इस भूमि को अपने खून-पसीने से पहले तो समतल किया फिर उस भूमि पर उगी हुई घास को खत्म किया तब जाकर यह क्षेत्र कृषि योग्य बन सका।

रात बीत चुकी थी पहाड़ों पर यह मेरी पहली रात थी। दिन-भर की दौड़-भाग ने मुझे बुरी तरह से थका दिया था, इसलिए नीद भी अच्छी आई थी। सुबह मैं जल्द ही उठ गया। वैसे मैं आपको बता दूँ कि मैं अक्सर ही जल्द उठता हूँ, देर तक सोना मुझे कभी पसन्द नहीं था। सुबह का स्नान वगैरह करने के बाद मैं उस होटल को छोड़कर रेलवे स्टेशन पर आ गया। थोड़ी ही देर में ट्रेन स्टेशन पर आ गयी। टिकट मैंने पहले ही ले रखी थी। ट्रेन में कोई खास भीड़-भाड़ नहीं थी। 8 बजे तक ट्रेन ने मुझे काशीपुर स्टेशन पर पहुँचा दिया। अब मुझे समझ में नहीं आ रहा था कि सीधा ही फैक्ट्री जाऊँ या फिर किसी होटल में चलकर पहले कुछ नाश्ता-पानी कर लिया जाये। मैंने आप्शन नम्बर दो को चुना। रामनगर जाने वाली सड़क पर पहुँच कर मैंने एक रिक्शा कर लिया उससे कहा कि "किसी होटल पर ले चलो।"

रिक्शे वाले ने जवाब दिया कि "साहब आप को तो होटल यहीं पर मिल जायेगा।"

मैंने उससे पूछा कि "क्या इस रोड़ पर कोई होटल नहीं है?"

रिक्शे वाले ने जवाब दिया "साब इस रोड पर सिर्फ एक ही होटल है वो महँगा है। आप कहे तो उससे सस्ते होटल, मैं आपको बस स्टैंड के पास ही दिखा दूँ।"

मैंने खीज कर कहा "तुम ले चलो यार इसी रोड पर।"

वो अब बिना कोई सवाल किये चल पड़ा। थोड़ी ही देर में मुझे होटल "परमदीप इण्टरनेशनल" का बोर्ड दिख गया। मैंने उसे थोड़ी देर रुकने का संकेत देकर होटल के मैनेजर से बात की कि, क्या उसके होटल में कोई कमरा खाली है? मैनेजर के हाँ कहते ही मन बड़ा ही प्रसन्न हो गया। कमरे का रेंट 500 रूपया था। जो उस समय कम नहीं था, लेकिन कमरा बड़ा ही आलीशान था। मुझे यह होटल तथा कमरा दोनों ही पसन्द आया। रूम नम्बर 205 मेरे नाम से बुक हो चुका था। वेटर ने मुझसे मेरा बैग लेकर उसे मेरे कमरे तक पहुँचा दिया।

अभी भी मेरे पास दो घण्टे बचे थे। थोड़ी देर आराम कर लेने के बाद मैं कम्पनी के गेट पर पहुँच गया। यहाँ पर पता चला कि कोई जसबीर सिंह

गौराया इसके एम0 डी0 है। सारी औपचारिकताएं पूरी कर लेने के बाद कम्पनी के जी.एम. ने मुझे अपने केबिन में बुलाया। मुझसे मेरी शैक्षिक योग्यताओं की जानकारी प्राप्त कर लेने के बाद उन्होंने अपनी सहमति दे दी। वेतन तो काफी कम था मगर काम का बोझ भी कुछ ज्यादा नहीं था और फिर मेरे पास कोई दूसरा ऑप्शन भी तो नहीं था। कुछ दिन उसी होटल में रह कर मैंने फैक्ट्री के ही पास रम्मपुरा नामक ग्राम में एक कमरा किराये पर ले लिया। यह मकान एक सरदार जी का था। सरदार जी पैरों से विकलांग, उसी घर में वे अपनी दुकान भी चलाते थे। उस गाँव में रम बनायी जाती थी, इसी कारण से उस गाँव का नाम शायद रम्मपुरा पड़ गया होगा।

अपने साथ काम करने वाले तमाम कामगारों को मैंने अपना मित्र बना लिया था। उसी मित्रों में से मेरा एक सरदार मित्र, जोकि लेथ मशीन पर काम करता था, उससे मेरी कुछ ज्यादा ही बनती थी। एक दिन उसी ने मुझसे कहा "यार कल रविवार है अगर तू कहे तो मैं तुझे नानकमता घूमा लाऊँ, बड़ी ही अच्छी जगह है, बस तुझे मेरी मोटरसाईकिल में सौ रूपये का पेट्रोल डलवाना होगा।" मैंने तुरन्त ही हामी भर दी। बस फिर क्या था दूसरे दिन ही वो सुबह ही अपनी मोटरसाईकिल लेकर मेरे कमरे पर आ गया। मैं भी तैयार बैठा था। हम दोनों नानकमता के लिए निकल पड़े।

"श्री नानकमता साहिब" उत्तराखंड राज्य के ऊधम सिंह नगर (रुद्रपुर) जिले के शहर सितारगंज के निकट स्थित है। मान्यता है कि सिखों के पहले गुरु नानक देव जी विक्रमी संवत 1561 अर्थात सन् 1504 ई0 में भाई मरदाना के साथ यहाँ पर आए थे। माना जाता है कि इस स्थान पर तांत्रिकों ने यहाँ अपना गढ़ कायम कर रखा था। वे तंत्र-मंत्र के नाम पर लोगों को भयभीत करते थे। मान्यता यह भी है कि जिस पीपल के नीचे गुरु जी विराजे थे, वह उनके स्पर्श मात्र से ही हरा हो गया था। वह पीपल का पेड़ आज भी उसी जगह पर मौजूद है। मान्यता है कि जब तांत्रिकों ने कुओं का जल सुखा दिया, तब गुरु जी ने 'फहुड़ी गंगा' प्रकट की। आज यह 'बावली साहिब' के नाम से प्रसिद्ध है। मान्यता है कि जब तांत्रिकों ने थक-हार कर अंत में गुरु जी से हार मान ली, तब से उसका नाम नानकमता पड़ गया। यह शिवालिक पर्वत श्रृंखला के आंचल में

फैले नानक सागर के तट पर अत्यंत ही रमणीक गुरु धाम है। मीठे रीठों के लिए प्रसिद्ध गुरुद्धारा श्री रीठा साहिब इसके निकट ही स्थित है।

वास्तव में सिक्खों के इस गुरुद्धारे को घूम कर मजा आ गया। वापसी में मैंने इस गुरुद्धारे का एक फ्रेम लगी हुई फोटो यादगार के तौर पर खरीद ली। कारण यह भी था कि उस समय मेरे पास कैमरे वाला मोबाइल सेट नहीं था। रास्ते में सितारगंज के पास मेरा सरदार मित्र मुझे अपनी ससुराल भी लेकर गया, जहाँ पर मेरा स्वागत लस्सी से हुआ। लस्सी के इतने बड़े गिलास को मैंने कभी नहीं देखा था। फिर खाने की बारी आई, भूख तो लगी हुई थी ही, कारण यह था कि हम दोनों ही सुबह बिना कुछ खाये-पिये ही निकल पड़े थे। कुछ समय के पश्चात ही पंजाबी थाली हमारे सामने थी। रोटियों में घी लगा हुआ था। रोटियों की संख्या भी कुछ ज्यादा ही थी। मैं आमतौर पर इतनी रोटिया खाता नहीं हूँ। मगर आज भूख जबरदस्त लगी थी तो मैंने भी चुपचाप अपना भोजन ग्रहण कर लिया। कुछ देर आराम कर लेने के बाद शाम को करीब सात बजे मैं अपने कमरे पर पहुँच गया।

काशीपुर में रहते हुए एक घटना का जिक्र मैं आप सब से करना चाहुँगा। हुआ यह कि मेरे कुछ मित्र, जोकि पास के ही एक सूत मिल में काम करने वाले थे, ने मुझे बताया कि काशीपुर के बाजार में अमुक दुकान पर आप के ही शक्ल व सूरत वाले किसी व्यक्ति की फोटो टंगी है। मुझे सुन कर बड़ा ही आश्चर्य हुआ। अगले दिन रविवार था, मामले की तह तक जाने के लिए मैंने स्वयं ही जाकर यह माजरा जानने की कोशिश की। मैं मित्रों द्वारा बतायी गयी उस दुकान पर पहुँच गया, जहाँ पर कि मेरा फोटो टंगा होने का उन्होंने दावा किया था। यह क्या ! मित्रों द्वारा बतायी गयी बात सोलह आने सच थी। मैं खुद अपनी फोटों को देख करके हैरान हो उठा था। हू-ब हू मेरी ही शक्ल एवं कद-काठी। उस दुकान की मालकिन एक महिला थी। उसने मुझसे पूछा कि आप को क्या चाहिए? वह दुकान इलेक्ट्रिक की थी। मैंने चुपचाप एक होल्डर वहाँ से ले लिया और दुकान से बाहर आया। जब मैं दुकान से बाहर आया तो मैं गहरी सोच में पड़ गया कि आखिर यह कैसे सच हो सकता है! मैंने खुद ही अनुमान लगाया कि हो सकता है कि वह आदमी उस महिला का पति हो जोकि किसी बीमारी अथवा

दुर्घटना के चलते मर गया हो इसीलिए अब वह दुकान उसकी पत्नी चला रही थी। मैंने सुन रखा था कि इस दुनिया में हर व्यक्ति के कम-से-कम छह हमशक्ल होते है। इनमें पहले वाले का तो आज मैंने दर्शन भी कर लिया।

नई जगह होने के बावजूद भी अब मुझे काशीपुर जमने लगा था। धीरे-धीरे करके मैंने काशीपुर के आस-पास का क्षेत्र घूम लिया। आपको काशीपुर का कुछ इतिहास बता देता हूँ- द्रोण नगरी, कुमाऊँनी के आदि कवि गुमानीपंत की जन्मस्थली तथा चर्चित डाकू सुल्ताना की कर्मस्थली, काशीपुर तराई का सबसे पुराना ऐतिहासिक, धार्मिक एवं औद्योगिक नगर है।

हरिद्वार-किच्छा राष्ट्रीय राजमार्ग 74 पर स्थित काशीपुर-मुरादाबाद, रामनगर, रुद्रपुर आदि जगहो से सड़क एवं रेलमार्ग से जुड़ा है। 1636 में काशीपुर को बसाने का श्रेय कुमाऊँ के राजा देवीचंद्र के एक अधिकारी पंडित काशीनाथ को जाता है। पं. काशीनाथ अधिकारी के पुत्र शिवनाथ अधिकारी 1744 तक काशीपुर के लाट थे। पं. काशीनाथ, जोकि पंजाबी सारस्वत ब्राह्म्ण थे, ने काशीपुर में अनेकों पंजाबी मोहल्ले बसाये जिनमें सिंधान, खालसा, लाहोरियान, पंजाबी सराय आदि विशेष रूप से उल्लेखनीय हैं।

काशीपुर कोटा महाल के नाम से राजा रुद्रचन्द्र के आधीन था। राजा रुद्रचन्द्र की माता एक धर्मपरायण महिला थी, उन्होंने काशीपुर में एक देवी मंदिर की स्थापना की थी। राजा रुद्रचन्द्र से पूर्व यह क्षेत्र कांठ गोला (शाहजाहनपुर) के जागीरदार हुसैन खाँ के अधिकार क्षेत्र में था। 1565 में राजा रुद्रचन्द्र को जागीर प्राप्त हुई उसका नाप चैरासी कोस होने के कारण "चैरासी माल" तथा लगान की राशि नौ लाख होने के कारण "नौ लखिया माल" कहा जाता था।

1802 में तराई पर ईस्ट इंडिया कम्पनी के अधिकार के समय काशीपुर एक जागीर के रूप में विद्यमान था। कुमाऊँ के चन्द्रवंशी राजाओं के खानदानी राजा शिवलाल, काशीपुर के जागीरदार थे। संसद में इस क्षेत्र के जनप्रतिनिधि करमचन्द्र सिंह "बाबा" (के0सी0 बाबा) इसी जागीर के उत्तराधिकारी हैं। 1842 में तराई जनपद सृजित किये जाने के समय तक काशीपुर रोहेलखण्ड कमिश्नरी के अंतर्गत था। इसे तराई जनपद में शामिल किया गया। अंग्रेजों की सत्ता जाने

के बाद से 1844 तक काशीपुर और जसपुर सम्मिलित रूप से मुरादाबाद जिले का एक रेवेन्यू डिवीजन था। 1844 के बाद रेवन्यू डिवीजन का पुनः परिसीमन किया गया तथा बाजपुर, काशीपुर, जसपुर, ठाकुद्वारा, सरकंडा तथा मुरादाबाद एवं अफजलगढ़ के फुटकर गाँवों को जोड़कर काशीपुर सब डिविजन बनाया गया। 1856 में बाजपुर को तराई में मिला दिया गया। 1860 में ठाकुरद्वारा को तहसील मुख्यालय बनाकर काशीपुर व ठाकुरद्वारा को मिलाकर एक तहसील बना दी गयी।

1861 में तराई जिला नैनीताल में शामिल कर दिया गया। नगर में स्थित द्रोण सागर के कारण काशीपुर की प्राचीनता को महाभारत काल से भी जोड़कर देखा जाता है। विशप हैबर के अनुसार 5000 वर्ष पूर्व काशीपुर हिन्दुओं के एक तीर्थ के रूप में जाना जाता था। 633 से 644 ई0 के मध्य, भारत यात्रा पर आये चीनी यात्री ह्वेनसांग ने भी काशीपुर का उल्लेख गोविषाण के नाम से किया है।

काशीपुर में अपनी नौकरी के चलते मैंने काशीपुर के जिन प्रमुख विशिष्ट स्थलों को घूमा उनका वर्णन इस प्रकार से है-

द्रोणसागर- द्रोणसागर में पांडव पुत्र नकुल के द्वारा स्थापित शिव मंदिर तथा भीम के द्वारा स्थापित द्रोण सागर है। गोस्वामी तुलसीदास, महात्मा बुद्ध यहाँ पर ठहर कर ज्ञान बाँट चुके हैं। कहा जाता है कि गुरु द्रोण ने अपने शिष्यों को यहीं पर धनुविद्या की शिक्षा दी थी। द्रोण सागर के किनारे स्थित गुरु द्रोण की प्रतिमा इस घटना की स्मृति को याद दिलाती है।

गिरीताल- नगर के समीप स्थित गिरीताल के निकट चामुंडा देवी का पौराणिक मंदिर है। गिरीताल के किनारे मंदिरों की श्रंखला है। इस ताल के समीप तमाम मकान बने हैं जिनमें सैकड़ो लोग रहते हैं। उन मकानों का सारा गन्दा पानी इसी ताल में गिराया जाता है। यह देख कर मुझे बहुत ही दुःख हुआ।

मोटेश्वरनाथ मंदिर- काशीपुर से डेढ़ किमी. पूर्व में बाजपुर जाने वाली रोड पर उज्जनक नामक स्थान पर भीम शंकर का विशाल मंदिर है। जिसे 12

वें उपज्योर्तिलिंग का दर्जा प्राप्त है, जो काफी मोटा (दोनों हाथों के व्यास से भी अधिक) तथा लगभग पैंतीस फीट लंबा है।

कुण्डेश्वरी देवी- चैती मंदिर में भगवती बालसुन्दरी देवी का शक्तिपीठ है। यह चन्द्रवंशी राजाओं की कुल देवी मानी जाती हैं। बोक्सा जनजाति के लोग विशेषकर नवदम्पत्ति इस मेले (चैत्र माह में लगने वाला मेला) में देवी का आर्शीवाद लेने आते हैं।

पंचायती मंदिर- पुरात्तव विभाग को उत्खन्न में गौविषाण टीला में चार सभ्यताओं के अवशेष तथा छठी शताब्दी का बना पंचायती मंदिर मिला है। इसमें त्रि-विक्रम की प्रतिमा भी मिली है, जोकि दिल्ली में है।

कुल मिलाकर यह मैं कह सकता हूँ कि मेरी इस नौकरी में तनख्वाह भले ही कम है मगर घूमने-फिरने लायक जगह बहुत ही अच्छी है। कल रविवार का दिन है। रविवार के दिनों में लोग क्या करते हैं? बाजार जाकर सब्जी लाते होगें, सारा दिन सोते होंगे या टी0वी0 देख कर अपना दिन बिताते होंगे। मैंने आपको पहले ही बता दिया है कि मैं ज्यादा देर तक सोने वालों में से नहीं हूँ, और सब्जी खरीदने का झंझट मैंने पाला ही नहीं। कारण यह है कि मेरा खाना पैक होकर मेरे रूम में आ जाता है। टी0वी0 मेरे पास है ही नहीं तो देखने का सवाल ही खत्म। मन में यह सवाल उठता है कि फिर आखिर रविवार का दिन कैसे बिताया जाये? अचानक मन में ख्याल आता है क्यों न जिम कॉर्बेट पार्क घूम कर आया जाय।

विचार अच्छा था और मैं सदा अच्छे विचारों का सम्मान करता आया हूँ। कॉर्बेट नेशनल पार्क भारत का पहला स्थापित राष्ट्रीय उद्यान है। तैयार होकर मैं रोड पर आ गया। एक टैक्सी पकड़ कर रामनगर पहुँच गया। रामनगर से एक दूसरी टैक्सी वाले ने मुझे जिम कॉर्बेट पार्क के गेट पर छोड़ दिया। उस टैक्सी वाले को आगे नैनीताल तक जाना था। पार्क के गेट पर पहुँच कर जब मैंने पता किया तो मुझे बताया गया कि आज पार्क के अन्दर तक जाने वाली सारी टेक्सियाँ बुक हो चुकी हैं, अब आप कल थोड़ा जल्दी आईयेगा। सुन कर बहुत ही बुरा लगा कि इतनी दूर आया भी और बिना घूमें ही लौटना पड़ रहा है। मुझे यह मालूम नहीं था कि पार्क के भीतर जाने वाले वाहनों की संख्या पहले से

ही तय रहती है। मैंने गेट के बाहर घूम रहे कुछ टैक्सी ड्राईवरों से बात की। उन्होंने मुझे बताया कि जिम-कॉर्बेट पार्क घूमने के लिए आपको पूरी टैक्सी रिज़र्व करनी होगी, जिसका भाड़ा 800 रूपया प्रति व्यक्ति है। मैं निराश हो चुका था। तभी अचानक एक टैक्सी ड्राईवर मेरे पास आया और कहा कि वह मेरी व्यवस्था कर देगा।

मैंने उससे पूछा "कैसे?"

उसने बताया कि "मेरी आखिरी टैक्सी है जोकि पार्क के अन्दर थोड़ी ही देर में जाने वाली है। आप केवल गेट पर जहाँ पर की चेकिंग होती है वहाँ मेरा रिश्तेदार बता देना। आप आराम से अन्दर घुस सकते हैं।"

मैंने उससे पूछा कि "और जिसने आपकी टैक्सी बुक की है उसे बुरा नहीं लगेगा।"

उसने कहा कि "वे विदेशी लोग हैं, मैं उन्हें, आपको गाइड बता दूँगा।"

अन्त में मैंने उससे पूछा कि "अच्छा ये बताओं कि पैसा कितना लोगे?"

उसने कहा कि "पैसा तो आपको 800 ही देना होगा। नहीं तो पूरी टैक्सी का तो और भी ज्यादा लगता।"

मैं तैयार हो गया। उसने मुझे अपनी गाड़ी की आगे वाली सीट पर बैठा दिया। यह एक खुली जीप थी जिसमें बीच वाली सीट पर वे विदेशी लोग बैठ गये, पीछे की सीट पर बन्दूक लिये हुए गार्ड बैठ गया। अब हम जंगल के अन्दर थे। आगे कुछ लोग ऐसे भी मिले जोकि हाथियों पर बैठ कर जंगल की सैर कर रहे थे। कुछ दूर आगे बढ़ने पर सांभरों तथा हिरणों ने हमारा स्वागत किया। कुछ बन्दर भी हमें दिखे। कुछ ओर अन्दर जाने पर एक नदी मिली गर्मी की वजह से उसका पानी सूख गया था। नदी को पार करने के बाद सहसा गाड़ी रुक गयी। डाइवर ने हम सबको शेर के पावों के निशान दिखलाये। किसी को भी गाड़ी से नीचे उतरने की अनुमति नहीं थी। मैंने एक दूरबीन किराये पर ले ली थी, जिससे यात्रा का मजा दुगना हो गया था। सैलानियों के लिए इस पार्क को पाँच जोन में बांटा गया है। आपके रुकने और पार्क में प्रवेश करने के गेट भी उसी आधार पर तय किये गये हैं। ये पाँचों जोन एक-दूसरे से अलग हैं। जिनके नाम इस प्रकार से है- झिरना, बिजरानी, ढिकाला, दुर्गादेवी एवं सोननदी। पार्क

के भीतर भी रात में रुकने की व्यवस्था की गयी है। वन के बीचों बीच जंगली जानवरों के सानिध्य में इन रेस्टहाउस में रहने का मजा ही कुछ अलग है, सोच कर ही रोमांच पैदा होता है। रात में ठहरने के लिए वन विभाग की तरफ से विश्राम भवन बनाये गये हैं। इसके अलावा बड़ी संख्या में रिसॉर्ट व होटल बने हैं जिसमें अपने बजट के अनुसार सैलानी रुक सकते हैं। मानसून के महीनों में चार माह (जुलाई से लेकर अक्टूबर तक) पार्क बंद रहता है। वापसी में मैंने एक बुक स्टाल से "जीती जागती कहानी जंगल की" नामक पुस्तक जिसके लेखक जिम कॉर्बेट है खरीदी।

आपको यह बता दूँ कि इस पार्क का नाम मशहूर शिकारी जिम कॉर्बेट के नाम पर पड़ा है। जिम के पिता क्रिस्टिफर्ड विलियम 1862 से 1881 तक नैनीताल डाकखाने के पोटमास्टर रहे थे। जिम को जंगल से तथा जंगल में निवास करने वाले जीव-जन्तुओं से काफी प्यार था। जिम का जन्म सन् 1875 में हुआ था। रेलवे में अपनी नौकरी के दौरान जिम बाईस वर्ष तक मोकामा घाट (बिहार) में रहे। जिम ने कुमाऊँ के निवासियों को कई आदमखोर शेरों से तथा तेंदुओं से मुक्ति दिलायी थी। सन् 1907 से लेकर 1939 के मध्य जिम कार्बेट ने कई आदमखोर शेर और गुलदार मारे थे। 1955 में कीनिया के नियरी नामक गाँव में जिम का देहांत हुआ था। कुमाऊं के लोग उन्हें प्यार से 'कारपेट साहब' कहा करते थे। मैंने अपनी इस यात्रा में जिम का वह घर भी देखा जिसमें कभी जिम कॉर्बेट रहा करते थे।

मई 2006 मेरी शादी हो गयी तथा मैंने अपना मकान भी चेन्ज कर दिया। नया मकान दो कमरों का था। कानपुर से सेफ्टी आफिसर का कोर्स करवाने के बाद कम्पनी ने मुझे सेफ्टी आफिसर बना दिया तथा सैलरी भी अब तक सन्तोषजनक हो गयी। दिसम्बर का महीना तथा शनिवार का दिन आज मेरी बहन और बहनोई पटियाला से चलकर मुझसे मिलने के लिए आये। रविवार को हम सब ने एक साथ नैनीताल घूमने का प्रोग्राम तय किया। काशीपुर से एक कार मैंने नैनीताल के लिए बुक की, भाड़ा 1200 रूपया तय हुआ। सुबह करीब 8 बजे तक हम लोग नैनीताल के लिये निकल पड़े। खाना-पीना घर से ही तैयार कर लिया गया था। एक बजे के आस-पास हम नैनीताल पहुँच गये।

मौसम साफ था तथा हल्की-फुल्की धूप निकली थी। घूमने की शुरुआत हमने नैना देवी मन्दिर से की। ठंड़क में मन्दिर की फर्श पर नंगे पाव चलना बहुत ही कष्टकारी लगा। मौसम के आगे आस्था भारी थी। यहाँ से निकल कर फिर हम सबने नैनी झील में बोटिंग का मजा लिया। मेरे ख्याल से शायद ही कोई पर्यटक ऐसा होता होगा जो नैनी झील में नौका विहार करना नहीं चाहता हो क्योंकि पर्यटक का तो यह मुख्य आकर्षण है। तल्लीताल एवं मल्लीताल स्थित बोट हाउस स्टैण्ड से बोट भाड़े पर लेकर इसका मजा लिया जा सकता है। इसके बाद घोड़े पर बैठ कर हमसब ने कुछ दूर और पहाड़ों की पगडंडियों पर चले। घोड़े काफी सधे हुए थे क्योंकि इनके बिदकने का मतलब था सीधा मौत की खाई में जाना। इनके चलने का रास्ता बहुत ही संकरा था। सांस रोके तथा दम साधे हम लोग भी यह मना रहे थे कि कोई अनहोनी न घटे। माल रोड पर पहुँच कर हमने एक स्वेटर खरीदा क्योंकि जल्दी में घर से निकलने पर मैं केवल शर्ट पहन कर ही आ गया था। माल रोड पर लोगों की गहमा-गहमी रहती हैं। एक दुकान पर हमने बन्दूक से निशाना लगा कर कुछ गुब्बारे भी फोड़े। नैनीताल का मतलब ही है झीलों-तालों का शहर। ये खूबसूरत झीलें चारों ओर से पहाड़ियों से घिरी हुई हैं जो इसकी खूबसूरती को बढ़ा देती हैं। पहाड़ों और झीलों का अनोखा सामंजस्य प्रकृति ने यहाँ पर बसाया है। समुद्र तल से इसकी ऊँचाई लगभग 1938 मीटर के आस-पास है। इसकी खोज का श्रेय शाहजहाँपुर के एक अंग्रेज पी. बैरन को जाता है, जिन्होनें इसे 1841 ई. में खोज निकाला। मेरे ख्याल से तो पहाड़ों पर जाने वालों के लिए इससे बेहतर विकल्प और कोई हो ही नहीं सकता। लौटने में शाम हो गई थी। शाम के 8 बजे के आस-पास हम घर को लौट आये। रास्ते के लिये जो खाना बना कर हम लोग ले गये थे उसे तो घूमने के चक्कर में वहाँ पर खाना ही भूल गये। बाद में उसी भोजन को रात के नाश्ते के रूप में ग्रहण करके हम सब आराम से सो गये। सुबह मुझे एक गाना याद आ रहा था, जिसके बोल कुछ इस प्रकार से थे- *"तालों में नैनीताल बाकी सब तलैया......"*

वर्ष 2007 जून के महीने की शुरुआत... इस बार गर्मी का तेज असर कुमाऊँ तक दस्तक दे रहा है। मन बहुत ही व्याकुल हो रहा है किसी भी काम में

मन नहीं लग रहा है। मैंने यह महसूस किया है कि जब गर्मी तेज होती है तब लाइट भी कुछ ज्यादा ही नखरे करने लगती है। मैंने इस जानलेवा गर्मी से तंग आकर फैक्ट्री से चार दिन की छुट्टी ले ली और अल्मोड़ा जाने का निश्चय कर लिया। मैं कुमाऊँ में फैले हुए इस स्वर्ग को एक बार अपनी आँखों से देख लेना चाहता था।

06 जून समय दिन के 9 बजे, मैं और मेरी पत्नी दोनों ही काशीपुर के बस अड्डे पर पहुँच चुके हैं। इसी समय एक बस अल्मोड़ा के लिए निकलती है, मगर हमारा दुर्भाग्य बस हमें नहीं मिली। हम चाहते थे कि कोई डाइरेक्ट बस अल्मोड़ा जाने के लिए मिल जाती तो ज्यादा ठीक था लेकिन इस गर्मी में कोई भी बस दिख नहीं रही थी। घड़ी की सूई अब 10 बजा रहीं थीं। मुझे कुछ लोगों ने सलाह दी कि आप हल्द्वानी चले जाइये वहाँ से आपको बस मिल जायेगी। मैंने सोचा कि बस यहीं से मिल गयी तो ठीक, अन्यथा वापस घर को लौट जाऊँगा। अभी मैं इसी उधेड़बुन में लगा था कि साढे दस बजे एक बस, जिस पर अल्मोडा डिपो लिखा था, अचानक मुझे दिख गयी। मेरी खुशी का ठिकाना न था। तुरन्त ही मैंने बस में अपनी आगे वाली सीट कवर की जिससे रास्ते में कुछ भी देखने में मुझे परेशानी न हो। कण्डक्टर ने हमारी सीट पर आकर टिकट काटा। एक आदमी का काशीपुर से वाया रुद्रपुर-हल्दवानी-काठगोदाम-भवाली होते हुए अल्मोड़ा तक जाने का भाड़ा 122 रूपया था। अलमोड़ा आते-आते बस में से तमाम यात्री रास्ते में ही उतर गये। अब बस के कण्डक्टर और हमें लेकर कुल तीन ही लोग बस में शेष रह गये।

शाम को 8 बजे के आसपास बस ने मुझे अल्मोड़ा शहर के पास उतारा। हवा बहुत ही ठंडी चल रही थी, ऐसा लग रहा था कि जैसे कोई मेरे शरीर में सुई चुभों रहा हो। अब मुझे समझ में नहीं आ रहा था कि यहाँ से अब कहाँ जाया जाये। हम लगातार आगे बढ़ते गये किसी अच्छे से होटल की तलाश में। एक तो ठंड कहर ढा रही थी उपर से अन्धेरा भी घना हो रहा था। माल रोड पर अचानक मेरी नजर एक अच्छी सी इमारत पर ठहर गयी। पास जाने पर पता चला की यह एक थ्री स्टार सुविधायुक्त होटल है। अन्धे को और क्या चाहिये? मैंने तुरन्त ही मैनेजर से बात करके एक कमरा बुक किया। उस वक्त घड़ी की

सूई शाम के 8 बजकर 44 मिनट का समय बता रही थी। होटल का नाम था शिखर। डबल बेड का रूम काफी कीफायती दर से था। 350 रूपया में दो लोगों के ठहरने की उत्तम व्यवस्था थी। पीक सीजन के दौरान यह कमरा 350 रूपये में मिला नहीं तो 300 रूपये में ही मिल जाता। कमरा काफी बड़ा तथा अच्छा था। सच पूछिये तो मजा आ गया। रात काफी अच्छे से नीद आई। सुबह होते ही हम लोग ब्रश-मंजन करके चाय पीने के लिए बाहर आ गये। हमने सोचा इसी बहाने थोड़ा दिन के उजाले में भी स्वर्ग के दर्शन कर लिए जाये। चारों तरफ ऊँची-ऊँची पहाड़ियाँ, मेहनत करते लोग देख कर मन काफी प्रसन्न हो गया। वाकई पहाड़ों के लोग काफी मेहनती होते हैं। चाय पी कर वापस हम अपने होटल में आ गये। तय यह हुआ कि नहा-धो कर पहले आस-पास की जगहें घूम ली जाये।

सुबह के 11 बजने वाले है। नहाने के बाद एक बार फिर से चाय पीने की तलब जगी। अक्सर ठंड के दिनों में चाय कुछ ज्यादा ही हो जाती है। इस बार बाहर न जाकर मैंने अपने होटल से ही चाय तथा बटर टोस्ट का आर्डर कर दिया। बिल आया 45 रूपया। कोई बात नहीं घूमने-फिरने में तो पैसे खर्च होते ही है, मैंने अपने मन को समझाया। इसके पहले कि मैं आपको कुछ और बताऊँ, मैं चाहता हूँ कि आपको अल्मोड़ा के बारे में कुछ बता दिया जाये।

उत्तराखण्ड की सांस्कृतिक राजधानी के नाम से प्रसिद्ध अल्मोड़ा समुद्र की सतह से लगभग 5000 फिट की ऊँचाई पर घोड़े की पीठ के समान एक पहाड़ी पर बसा है। सन् 1563 ई. में इसको बसाने का श्रेय राजा बालों कल्याण चंद्र को है। समुद्र तल से 1644 मीटर की ऊँचाई पर बसा यह शहर विशुद्ध रूप से एक हिल स्टेशन है।

यहाँ पर चन्द्रवंशीय शासको ने शासन किया था। प्राचीन काल से ही उत्तराखण्ड की सांस्कृतिक राजधानी के नाम से मशहूर है अल्मोड़ा। देवभूमि हिमालय की गोद में बसे अल्मोड़ा का संस्कृति के क्षेत्र में विशिष्ट योगदान रहा है। यहाँ पर विविध ऐतिहासिक, सांस्कृतिक अवशेषों के प्रमाण देखने को मिलते हैं। चीड़, देवदार तथा बांज के वनों से आच्छादित अल्मोड़ा का धार्मिक दृष्टि से भी विशेष महत्व है। यहाँ का नंदा देवी मेला लोक संस्कृति का प्रतीक है। कुमाऊँ मण्डल के तमाम श्रद्धालु दूर-दूर से यहाँ आकर माँ नंदा देवी के दर्शन

करते है। नवमी के दिन माँ नंदा देवी का डोला उठाया जाता है। इसे शहर भर में घूमाने के बाद इन प्रतिमाओं का विसर्जन कर दिया जाता है। जवाहर लाल नेहरू ने अपनी प्रिय पुस्तक 'मेरी आत्मकथा' की रचना ऐतिहासिक जिला कारागार में रहकर यहीं से की थी। इसके अलावा उन्होंने 'डिस्कवरी ऑफ़ इंडिया' पुस्तक के कुछ अंश भी यहीं पर रहकर लिखे थे। पर्यटन के क्षेत्र में भी अल्मोड़ा की अपनी अलग पहचान है। प्रातः हिमालय पर पड़ती सूर्य की किरणों का मनोहारी दृश्य देखकर पर्यटक पहाड़ों की नैसर्गिकता के दीवाने हो जाते हैं। नगर के मध्य ऐतिहासिक माँ नंदा देवी का प्राचीन मंदिर है। चंद शासक कुल देवी के रूप में इसकी पूजा करते थे। आज भी चन्द्र वंशज नंदा देवी की पूजा-अर्चना करने यहाँ पर आते हैं।

अल्मोड़ा के बस स्टेशन के पास ही सेन्ट्रल लाज में स्थित है पं. गोविन्द बल्लभ पंत राजकीय संग्रहालय। इसकी स्थापना सन् 1979 ई. में की गयी थी। मैं एक इतिहास का विद्यार्थी रहा हूँ तथा संग्रहालय घूमना मेरा प्रिय शौक है। अपने यात्रा की शुरुआत हमने पहले संग्रहालय के घूमने से की। इस संग्रहालय में विभिन्न क्षेत्रों से प्राप्त तीन हजार से अधिक कलाकृतियों का संग्रह है। उत्तराखण्ड में यक्ष एवं कुबेर पूजा की अनूठी परम्परा रही है। संग्रहालय परिसर में कुमाऊँ की अब तक ज्ञात सबसे प्राचीन यक्ष प्रतिमा, लगभग तीसरी शती ई. को प्रदर्शित किया गया है। संग्रहालय का प्रवेश द्वार स्थानीय काष्ठ कला के आकर्षक चौखट से सुसज्जित किया गया है। इस संग्रहालय में दर्शकों को उत्तराखण्ड की वास्तुकला की विभिन्न शैलियों का परिचय एक ही स्थान पर मिल जाता है। कुमाऊँ के सुदूरवर्ती क्षेत्रों में निवास करने वाली जनजातियों द्वारा प्रयोग किये जाने वाले चांदी के गहनों को एक शो-केस में बहुत ही अच्छे ढ़ंग से प्रदर्शित किया गया है। कत्यूरीघाटी से प्राप्त लगभग दूसरी शती ईपू. के अल्मोड़ा प्रकार के सिक्कों के साथ ही साथ आधुनिक सिक्कों में ब्रितानवी काल के शासकों द्वारा भारत में चलाये गये विविध सिक्कों को प्रदर्शित किया गया है। पिथौरागढ़ से प्राप्त लगभग 2000 ई.पू. की ताम्र आकृतियाँ एवं मकरारुढ़ गंगा, 18 वीं शताब्दी में निर्मित रथनुमा सूर्यमन्दिर एवं ताम्र पत्र तथा चार सौ वर्ष पुराने चांदी के हार को देखा जा सकता है।

इस प्रकार अल्मोड़ा संग्रहालय के भ्रमण से जहाँ एक ओर उत्तराखण्ड की कला एवं सस्कुति की जानकारी हमें प्राप्त हुई, वहीं पुरातत्व आदि की भी महत्वपूर्ण जानकारी प्राप्त हुई। भारतीय इतिहास के विविध कालखण्डों से संबंधित मृणमूतियों, प्रस्तरमूर्तियों एवं सुवर्ण, रजत, ताम्र तथा मिश्रित धातु में चलाए गये सिक्कों की रोचक जानकारी लेकर हम इस संग्रहालय से बाहर आये।

अब हमारा अगला पड़ाव था कौसानी, जो जिला बागेश्वर में आता है तथा अल्मोड़ा से 55 किमी0 की दूरी पर स्थित है। कौसानी के एक ओर कोसी नदी बहती है तो दूसरी ओर गोमती नदी। इन दोनों ही नदियों के बीच में बसा है कौसानी, समुद्र तल से 1890 मीटर की ऊँचाई पर बसे इस कौसानी से हिमालय के हिमाच्छादित शिखरों का आकर्षक मनोरम दृश्य दिखाई देता है। कौसानी महाकवि सुमित्रानन्दन पंत की जन्म स्थली है। इनके आवास को पंत संग्रहालय के रूप में विकसित किया गया है। इसमें कविवर पंत जी की निजी वस्तुओं के अतिरिक्त उनसे संबधित छायाचित्र, हस्तलिखित एवं मुद्रित रचनाएं, मानपत्र आदि प्रदर्शित हैं। महाकवि के निजी वस्त्र, तखत, चादर, शाल, मेज, कुर्सी, बुक स्टैण्ड, टेबिल लैम्प के अतिरिक्त पंत जी तथा श्री हरिवंशराय बच्चन के अनेक हस्तलिखित पत्र भी प्रदर्शित हैं। इसी परिसर में शोधार्थियों के लिए एक पुस्तकालय एवं सभाकक्ष स्थापित किया गया है। इसमें पंत जी की निजी रचनाओं के अतिरिक्त विभिन्न साहित्यकारों की लगभग 2000 पुस्तकों को प्रदर्शित किया गया है। इसको हिन्दी साहित्य के शोध केन्द्र के रूप में विकसित करने की योजना है।

मेरी बहुत ही इच्छा थी बागेश्वर जाने की। लेकिन क्या करें; एक तो सीमित बजट दूसरे प्राइवेट नौकरी के छूट जाने का डर। मन को मार का बागेश्वर को घूमने का विचार दिल से निकालना पड़ा। कुमांऊँ की काशी के नाम से प्रसिद्ध बागेश्वर पर्यटकों के आकर्षण का केन्द्र है। अल्मोड़ा जनपद मुख्यालय से 90 किलोमीटर की दूरी पर स्थित है बागेश्वर। कपकोट क्षेत्र में स्थित विश्व विख्यात "पिंडारी", "कफनी" तथा "सुंदरढुगा" ग्लेशियर विश्व के मानचित्र की शोभा को बढ़ाते हैं। महात्मा गांधी के सपनों का स्विटजरलैंड कौसानी में पर्यटकों का आना-जाना बराबर लगा रहता है। अनाशक्ति आश्रम तथा हिमालय

के विंहगम दृश्यों का अवलोकन करने का जो आनंद यहाँ पर आकर पर्यटकों को मिलता है अन्यत्र शायद ही कहीं पर मिल पाता हो । बैजनाथ में पुरातात्विक महत्व के मंदिरों का समूह, कोट भ्रामरी, दिव्येश्वरी तथा बागेश्वर में बाबा बागनाथ का 1450 ई. में निर्मित पुरातात्विक महत्तव का मंदिर है। नीलेश्वर तथा चंडिका माँ के अलावा स्वर्ग आश्रम में स्थित ब्रहमा मंदिर अटूट आस्था के केन्द्र हैं। सरकारी उदासीनता के चलते यहाँ की धरोहरों को यहाँ पर आने वाले पर्यटक भी ले जाने से नहीं चूकते हैं। यहाँ का छलिया नृत्य भी काफी लोकप्रिय है। सरयू के तट पर बसे इस बागेश्वर में पर्यटकों के ठहरने हेतु तमाम होटल एवं आवास गृह हैं। यहाँ पर स्थित होटलों में राजदूत, सिद्धार्थ, निलेश्वर, कुमाऊँ रेस्टोरेंट तथा किंगकांग लोगों को खाना तथा रहने की सुविधा उचित कीमत पर देते हैं। भगवान ने चाहा तो कभी बागेश्वर को भी घूम लेंगे।

अगले दिन हमने चितई स्थित गोलू देवता के मदिर जाने की योजना बनाई जोकि अल्मोड़ा से 10 किमी. की दूरी पर है। यहाँ पर लोगों ने तमाम घंटिया बांध रखी थी। वहाँ से पिथौरागढ़ रोड पर स्थित जागेश्वर घूमने की योजना बनाई। जागेश्वर अल्मोड़ा शहर से 35 किमी0 की दूरी पर स्थित है। चितई से हमने हमने एक गाड़ी, जोकि उसी रोड पर आगे जा रही थी, पर बैठ कर जागेश्वर धाम पहुँच गये। यहाँ तो बारहवीं सदी से लेकर सत्रहवीं सदी के निर्मित मन्दिरों का समूह था; देख कर आश्चर्यचकित हो गया। यहाँ लगभग 164 मंदिर पुरातात्विक महत्व वाले हैं। इन पाषाण शैली के भव्य देवालयों का निर्माण कत्यूरी व चन्द्र वंश के राजाओं ने किया था। जागेश्वर धाम देवदार के घने जंगलों से पूरा घिरा हुआ था। जागेश्वर में भी रुकने के लिए तारा गेस्ट हाऊस था मगर हम अपने अल्मोड़ा वाले होटल को छोड़ना नहीं चाहते थे।

जागेश्वर घूम लेने के पश्चात् वापस लौटते समय अपने जीप वाले से मैंने बात की कि "वह मुझे कटारमल भी घूमा दे।"

उसने कहा कि "साब इसके 500 रूपये अलग से आपको देने पड़ेंगे।"

मैंने उससे पूछा कि "आखिर कटारमल कितनी दूर है जो इतना माँग रहे हो !"

उसने बताया कि "अल्मोड़ा से 17 किमी. दूर है कटारमल तथा एक पहाड़ी पर स्थित है। पहाड़ी के आधे रास्ते तक ही यह जीप जा पायेगी बाद का रास्ता आपको पैदल ही तय करना होगा।"

मैंने उसे कटारमल ले चलने की अनुमति दे दी। आपको बताते चले की रानीखेत-अल्मोड़ा मार्ग पर स्थित है, कटारमल। कटारमल एक सूर्य मंदिर है। जिसमें लकड़ी के सूर्य देवता की मूर्ति है। यह उड़ीसा के कोणार्क सूर्य मंदिर के बाद देश का दूसरा प्राचीन सूर्य मंदिर है।

जीप वाले ने बहुत ही कुशलता के साथ उस संकरे पहाड़ी रास्ते को तय किया। आगे रास्ता काफी संकरा था, इसलिए जीप अब और आगे नहीं बढ़ सकती थी। आगे कटारमल गाँव था। गाँव के लोगों ने कहाँ कि "आपको यहाँ से पैदल ही जाना पड़ेगा, जीप और आगे नहीं जा सकती है, खतरा है।"

सूर्य मंदिर हमें जीप पर बैठे-बैठे ही दिख रहा था। जीप वाले ने कहा कि- "साब आप मन्दिर हो आइए, तब तक मैं इस जीप को वापस मोड़ता हूँ। मुश्किल से आधा किलोमीटर की दूरी है बस।"

क्या करें, पैरों में अब इतनी ताकत नहीं बची थी कि उन्हें फिर से कष्ट देता। मैंने जीप वाले से कहा कि- "यार तुम अपनी जीप मोड़ों, हम मंदिर को यहीं से देख कर सन्तोष कर लेते हैं।"

जीप वाले ने कहा- "साब जब आप इतना पैसा खर्च कर रहें हैं तो थोड़ी हिम्मत कीजिए।"

मैंने कहा कि "अब हम लोगों से चला नहीं जा रहा है। पैरों में दर्द होने लगा है, सांस भी फूलने लगी है। तुम वापस होटल ले चलो।"

बड़ी ही मुश्किल से उसने अपनी जीप को वापस मोड़ा। अगर थोड़ी सी भी लापरवाही हो जाती तो जीप सैकड़ो फीट गहरी खाई में गिरती। खैर जीप वाले ने हमको वापस होटल तक पहुँचा दिया। मैंने उसे 500 रूपये की एक नोट दी। पैसा पाते ही वह प्रसन्न हो उठा। वैसे कहना न होगा कि पहाड़ी लोग काफी ईमानदार व सीधे होते हैं। माफ कीजिएगा यह मेरी राय केवल पहाड़ी आदमियों के ही लिए है, पहाड़ी औरतों के लिए नहीं। थकान इतनी लगी थी कि नींद जल्द ही आ गयी।

जागेश्वर घूमने के उपरांत हमें पाताल भुवनेश्वर जाना था, लेकिन थकान के कारण हिम्मत जवाब दे गई।

अगले दिन हमने रानीखेत जाने की योजना बनाई। करीब दिन के ग्यारह बजे हमने होटल छोड़ दिया। जोरों की भूख लगी है, अपना तो उसूल है कि पहले पेट पूजा फिर काम दूजा। एक रेस्टोरेंट मैं बैठ कर पूरे इत्मिनान के साथ हमने भोजन ग्रहण किया। फिर बस स्टेशन से रानीखेत जाने वाली बस पकड़ ली। रानीखेत, अल्मोड़ा से 45 किमी0 की दूरी पर स्थित है। समुद्र की सतह से इसकी ऊँचाई 1830 मीटर है। यह कुमाऊँ का प्रमुख पर्यटन स्थल है। इसका गोल्फ का मैदान काफी प्रसिद्ध है। यह मैदान फिल्मों की शूटिंग के लिए काफी प्रसिद्ध है। बस ने शाम के सात बजे रानीखेत पहुँचा दिया। अब सबसे जरुरी था किसी होटल को खोजना। होटल तो यहाँ पर कम नहीं है, लेकिन है सब महंगें। अल्मोड़ा से भी महंगे होटल। रात भर का चार्ज कोई एक हजार माँग रहा है, कोई दो हजार। बहुत ही खोजने पर सदर बाजार स्थित एक साधारण से "एवरेस्ट" नामक एक होटल वाले ने रात भर का चार्ज 250 रूपया की शर्त पर कमरा देने के लिए तैयार हो गया। साथ ही उसने यह भी शर्त लगायी की पानी आप ज्यादा खर्च नहीं करोगे।

मैंने उससे कहा- "भाई साब हम इतनी दूर से यहाँ पर कपड़ा धोने के लिए थोड़े ही आये है।"

सुबह जल्द ही उठ कर हमने हाथ मुँह धोया। पानी काफी ठंडा था। पास के ही होटल "मून एण्ड रेस्टोरेंट" में जाकर हमने मलाई कोफ्ता और रोटियां खायी। कुल बिल आया 91 रूपया जिसमें 3 रूपया सर्विस चार्ज भी जुड़ा है।

खाना खाने के बाद हमने एक टैक्सी ले ली जिससे कम समय में ज्यादा से ज्यादा जगहों को देख सकूँ। पहाड़ों के जो टैक्सी ड्राईवर होते हैं वो गाइड का भी काम करते हैं। सबसे पहले हम कुमाऊँ रेजीमेंट के मुख्यालय एवं संग्रहालय को देखने गये। इसके बाद चैबटिया गार्डन एवं शीतला खेत को देखने गये। इसके बाद टैक्सी वाला चिलियानौला स्थित हैड़ाखान मंदिर ले गया। हैड़ाखान मंदिर ! ऐसे तो किसी भी मंदिर का नाम मैंने आज तक नहीं सुना था। यह कैसा मंदिर है, किस धर्म का है? ऐसे तमाम सवाल मैंने ड्राईवर से कर

डाले। उसने कहा साब, आप एक बार देख तो आओ आपको पसन्द न आये तब कहना।

हैड़ाखान वाले बाबा का मंदिर वाकई में गजब का था। बहुत ही शान्ति थी चारों तरफ। हैड़ाखान वाले बाबा का वर्णन परमहंस योगानन्द जी ने अपनी पुस्तक "एक योगी की आत्मकथा" में किया है। इन बाबा को लोग श्रद्धा पूर्वक शिवमहा अवतार के रूप में मानते थे। तिब्बत के कई लामा श्री बाबा को लामा बाबा के रूप में मानते थे जो तिब्बत में अनेक शताब्दियों पूर्व निवास करते रहे। इनके नेपाल में अवतरित होने के भी अनेक प्रमाण हैं। बाबा के पास अपार योगिक शक्तियाँ थी। बहुत से चमत्कार भी बाबा के देखे गए, जैसे रोगियों को स्वस्थ कर देना, मृतकों को जीवन दान, अपना रूप बदल देना और एक ही समय में कई स्थानों में प्रगट होना आदि। श्री बाबा ने भारत में अनेक मन्दिर व आश्रमों का निर्माण करवाया। उन्होंने रानीखेत के नजदीक चिलियानौला ग्राम में जहाँ से हिमालय का विहंगम दृश्य दिखता है, एक अति सुन्दर मन्दिर व आश्रम का निर्माण करवाया। 14 फरवरी 1984 श्री बाबाजी ने यह नश्वर शरीर त्याग दिया। हैड़ाखान की सीढ़ियों पर एक शिला पर उनका यह अन्तिम सन्देश अंकित है,- "मैं सर्वदा तुम्हारे साथ हूँ।"

अब हमारा अगला पड़ाव है बिनसर। हम बिनसर के लिए निकल पड़े। बिनसर एक पक्षी विहार है। यह अल्मोड़ा से 25 किमी0 की दूरी पर तथा रानीखेत से 15 किमी0 की दूरी पर सौनी के निकट स्थित है। चीड़, बाज व बुराश के घने जंगलों से घिरा हुआ है बिनसर। यहाँ से हिमालय का अद्भुत नजारा हर वक्त देखा जा सकता है। यहाँ पर एक शिव का मंदिर भी है, जिसे बिनसर महादेव मंदिर के नाम से जाना जाता है। शाम होने से पूर्व ही हम वापस रानीखेत आ गये। यहाँ से फिर हमने 800 रूपये में एक दूसरी टैक्सी ली तथा वापस रामनगर लौट आये। मैंने टैक्सी चालक, जोकि उस टैक्सी का मालिक ही था जिसका नाम नरेन्दर विष्ट था, को धन्यवाद दिया तथा उसका मोबाइल नम्बर भी अपनी डायरी में नोट किया। रामनगर से बस पकड़ कर काशीपुर आ गये ये चार दिन कैसे इतनी जल्द बीत गये पता ही नहीं चला। दूसरे दिन से फिर वही अपनी दैनिक दिनचर्या चालू हो गयी।

देहरादून एवं पहाड़ों की रानी मसूरी की सैर

कुछ यात्राएँ इतनी लम्बी होती हैं जिन्हें तय करने में पूरी उम्र कम पड़ जाती है। मसूरी में एक सेमिनार था पर्यावरण पर और फैक्ट्री का सेफ्टी आफिसर होने के कारण मुझे ही जाने की अनुमति मिली। घर आकर मैंने पत्नी को बताया की मसूरी चलने की तैयारी शुरु कर दो, सुनते ही वह प्रसन्न हो गयी। मुरादाबाद रेलवे स्टेशन से हम ट्रेन पकड़कर दिनाँक 18/04/2007 को देहरादून पहुँच गये। रेलवे स्टेशन के पास ही टैक्सी स्टैंड पर जब हम पहुँचे तो देखते है कि देहरादून को घूमने के लिए कुल तीनऑप्शन बनाये गये थे। हर ऑप्शन के ही अनुसार उनके रेट भी तय थे। ऑप्शन नम्बर वन सात सौ रूपये का था, जिसमें टैक्सी वाला आपको सहस्त्र धारा, टपकेश्वर महादेव, फारेस्ट रिसर्च इन्टीट्यूट (म्यूजियम), सत्य साई बाबा मन्दिर तथा डियर पार्क की सैर करवायेगा। ऑप्शन नम्बर दो 1000 रूपये का था जिसमें आपको टैक्सी से डाक पत्थर, आसन झील (वाटर गेम), भगीरथी रिसोंट तथा फारेस्ट (म्यूजियम) आदि की सैर का मौका दिया जायेगा। ऑप्शन नम्बर तीन जोकि 800 रूपये का था, उसमें टैक्सी से आपको लच्छी वाला, लक्ष्मण सिद्ध और सहस्त्र धारा घूमने को मिलेगा।

हमने पहले वाले ऑप्शन पर विचार किया। पैसा भी कम लग रहा है और घूमने को भी ज्यादा ही मिल रहा है। पहले वाले ऑप्शन का पैसा वही काउन्टर पर जमा करके हमने टैक्सी बुक करके देहरादून के कुछ मुख्य स्थलों को घूम लिया। सबसे पहले टैक्सी हमको लेकर राबर्स केव्स (गुच्चूपानी) लेकर गयी। यह स्थल शहर से लगभग 8 किमी. की दूरी पर कैंट में स्थित है। राबर्स केव्स की छतों से पानी की सैकड़ों धाराएं मन्द गति से निरंतर ही निकलती रहती हैं। इसी वजह से शायद इसका नाम सहस्त्रधारा पड़ा। इसके बाद टैक्सी हमको लेकर टपकेश्वर महादेव गयी। इसकी दूरी शहर से लगभग 6 किमी. है। इसका आकर्षण एक पहाडी के अन्दर गहरी गुफा में स्थित प्राचीन शिवलिंग है। कहते है कि महाभारत कालीन अश्वथामा यहीं पर पैदा हुआ था। इसके बाद हम

वन अनुसंधान संस्थान पहुँचे। देहरादून-चकराता मार्ग पर लगभग 5 किमी0 पर यह स्थित है। दस हजार एकड़ से भी अधिक के क्षेत्र में यह फैला हुआ है। यह संस्थान देहरादून आने-जाने वाले लोगों के लिये आकर्षण का मुख्य केन्द्र है।

इसमें स्थित संग्रहालय वन तथा वनों के उत्पादनों से निर्मित वस्तुओं की महत्वपूर्ण जानकारी प्रदान करते हैं। पूरे संस्थान को पैदल घूमते-घूमते जब हम थक गये तो पास ही स्थित जलपान गृह से हमने नाश्ता किया और थोड़ी देर आराम करके अपनी थकान मिटाई। सत्य साई बाबा का मंदिर भी भव्य है। साई मंन्दिरों की एक खास बात यह है कि यहाँ पर आपको साफ-सफाई खूब मिलेगी। मंदिर में दर्शन करने के उपरान्त जब हम बाहर निकले तो साई बाबा की फोटो खरीदना नहीं भूले। वह फोटो आज भी मैंने अपने घर में टांग रखी है। इसके बाद हम मृग उद्यान (डियर पार्क) पहुँचे। यह पार्क मसूरी मार्ग पर मालसी क्षेत्र में स्थित है। इसकी दूरी देहरादून नगर से लगभग10 किमी0 है। इस पार्क में बच्चों के लिए विभिन्न प्रकार के झूले हैं। हम तो पहले से ही काफी थके हुए थे, इसलिए इस पार्क के जलपान गृह में बैठकर हमने एकबार फिर से नाश्ता किया। अब यहाँ से हमको टैक्सी वाला वापस लाकर टैक्सी स्टैंड पर छोड़ दिया।

देहरादून में रुकना उचित न समझ कर, शाम को बस पकड़ कर हम मसूरी पहुँच गये। सात बजे हम पहाड़ी की चोटी पर थे जहाँ से पूरा देहरादून शहर जगमग-जगमग कर रहा था। हमने होटल खोजना शुरु किया क्योंकि हवा अब बहुत ही ठंडी चल रही थी। मसूरी के कुलरी, माल रोड पर एक से बढ़ कर एक होटल है। ठंड़ के मारे कंपकपी लग रही थी। लेकिन यह क्या होटल तो हमारी सोच से भी ज्यादा महँगे थे। कोई रात भर का 2000 रूपया माँग रहा था तो कोई 2500। कई होटल तो मेरी महीने भर की तनख्वाह से भी ज्यादा महँगे थे। मैं तो बुरी तरह से फंस चुका था। इतना पैसा मेरे पास था नहीं और वापस मैं देहरादून लौट नहीं सकता था क्योंकि वही आखिरी बस थी जिससे मैं आया था। एक होटल से दूसरे होटल तक पता करते-करते शाम के 8 बज गये। मन बुरी तरह से घबड़ाने लगा, अब क्या होगा ! हम कहाँ पर रात बितायेंगे? मेरे पास उस समय कोई ए0टी0एम भी नहीं था। पहले से अगर कुछ अंदाजा होता तो

देहरादून में ही रुक जाते। मैंने सोचा की जहाँ पर सेमिनार है उसी होटल में चलते है शायद कुछ बात बन जायें। होटल ब्रेन्टवुड, कुरली का पता पूछते हुए हम होटल में दाखिल हुए। सामने ही बोर्ड पर मेरी निगाह गयी जिस पर होटल के रूम का रेंट तथा चेक आउट 12 घण्टे लिखा हुआ था।

मैंने मेनेजर से पूछा- "सर आपके यहाँ ही कल सेमिनार है?"

मैनेजर ने कहा, "हाँ।"

मैंने मैनेजर को धन्यवाद बोला और होटल से बाहर आ गया। इसके बगल में ही एक दूसरा होटल मसूरी क्लब था, जहाँ पर मैं तुरन्त दाखिल हुआ। मैनेजर से रूम रेंट पूछा। मैनेजर ने वही रटा-रटाया सा जवाब दिया।

मैंने उससे कहा कि "जनाब आप अपने रूम का रेट थोड़ा सा अगर वाजिब रखते है तो आपके सारे रूम मैं साल में दो बार बुक करवा सकता हूँ। मैं हर साल सेमिनार एवं वर्कशाप वगैरह करवाता रहता हूँ, अभी जस्ट आपके बगल में पूरा होटल मैंने अपने गेस्टों के लिए बुक किया है।"

मैनेजर सोच में पड़ गया। उसने कहा कि "पीक सीजन है, नहीं तो मैं कर देता।"

मैंने कहा कि "सोच लो, आप से केवल एक कमरे का रेंट वाजिब दाम पर मैं चाहता हूँ। मैं उस होटल में फ्री में रुक सकता हूँ लेकिन मेहमानों के साथ मैं रुकना नहीं चाहता हूँ।"

मैनेजर ने कहा कि "ठीक है चलिए जो आपको उचित लगे आप दे दीजियेगा।"

मैंने कहा कि "मैं आपको केवल 500 रूपया दे सकता हूँ।"

रूम बुक हो चुका था, मैनेजर ने मेरा सामान रूम तक भेजवा दिया। मेरी पत्नी आश्चर्यचकित रह गयी कि कैसे मैनेजर इतनी जल्द मान गया तथा 2500 रूपये का रूम केवल 500 रूपये में दे दिया।

रूम काफी आलीशान था। रात कब बीत गयी पता ही नहीं चला। सुबह मैंने फोन से आर्डर दे कर ब्रेकफ़ास्ट मंगवाया। 10 बजे बगल वाले होटल में जाकर सेमिनार अटेंड किया। खाने और पीने की व्यवस्था यहीं पर हो जा रही थी। सेमिनार हॉल खचाखच भरा पड़ा था, कारण मसूरी का आकर्षण था।

तमाम लोग अपनी पत्नियों को भी साथ में लेकर आये थे। भीड़ का आलम यह था कि इस होटल को छोड़ना पड़ा। कुलरी में ही फोर स्टार रेकिंग वाला एक दूसरा होटल जिसका नाम चार्लिन था, उसे बुक करना पड़ा।

मसूरी का काफी कुछ शहरीकरण हो चुका है। फिर भी हनीमून पर जाने वालों के लिए यह हिल स्टेशन सबसे पसंदीदा जगहों में से एक है। मसूरी की एक चर्चित पहाड़ी का नाम है गनहिल। इस पर जाने के लिए रोपवे का सहारा लिया जा सकता है। देश की आजादी से पहले इस पहाड़ी पर एक तोप रखी थी। जहाँ से रोज प्रातः तोप का गोला दागा जाता था। इसी कारण इस पहाड़ी का नाम गनहिल पड़ गया। हमने इस पर जाने का विचार त्याग दिया। हमने कुछ और आगे घूमने के लिए माल रोड से एक रिक्शा भाड़े पर लिया। रिक्शे वाले ने हम दोनों का भाड़ा माँगा 50 रूपया। 50 रूपया !

“अरे यार कुछ सोच कर माँगते हो? या फिर जो मन मैं आया बस बोल देते हो। हम तुमको कोई विदेशी दिखते हैं क्या?” मैंने एक ही सांस में रिक्शे वाले से बोल दिया।

रिक्शा वाला बोला “साब काफी चढ़ाई वाला रास्ता है। कोई मशीन तो हम है नहीं। आप बैठ जाइए जो आपकी समझ में आये उतना आप दे दीजिएगा।”

कोई और ऑप्शन हमारे पास था नहीं, मजबूर होकर हमें रिक्शे पर बैठना ही पड़ा। मैंने मन मे सोचा ‘चलो लूट लो कोई रोज-रोज हमें थोड़ी ही न आना है।’ रिक्शा वाला हमें बैठा कर गनहिल पहाड़ी से कैमल बैंक रोड की तरफ ले गया। गाइड का भी काम वही कर रहा था। लठौर क्षेत्र की सबसे ऊँची चोटी लाल टिब्बा के भी दर्शन उसने करवा दिया। यहीं पर रखी एक दूरबीन से हमने हिमालय की ऊँची चोटियों को भी देखा। अब हमने रिक्शे वाले को खुशी-खुशी 50 रूपया दे दिया। इस तरह से हमारी मसूरी की यह यादगार यात्रा पूरी हो गयी। अलविदा मसूरी, देखिये फिर कब आना होगा।

मसूरी से वापस हम देहरादून लौट आये। हमारी ट्रेन रात को थी। मैंने जानबूझ कर रात वाली ट्रेन का चुनाव किया था ताकि हम आराम से ट्रेन को पकड़ सके। किसी भी तरह की भागदौड़ या जल्दबाजी मुझे वैसे भी पसन्द नहीं

है। हमारे पास काफी वक्त था। वक्त काटने के लिए हम आई0एस0बी0टी0 आ गये। देहरादून का यह बस अड्डा जल्द ही बना था। यहाँ से आपको हर तरफ की बसें मिल जायेंगी। हमने इस बस स्टेशन को भी घूम कर देख लिया कि यहाँ से कहाँ-कहाँ तक की बसें जा रही हैं। प्यास लगने पर हिमालयन सेब का जूस पीया गया, मजा आ गया। अभी मैंने अपना जूस खत्म ही किया था कि हिमाचल प्रदेश डिपो की एक बस मेरे सामने आकर रुक गयी। उस बस पर नाहन, सोलन, पांवटा साहिब वाया हरर्बटपुर लिखा था। मैंने बस के कंडक्टर से बात कि "पांवटा साहिब पहुँचने में कितना वक्त लगेगा?"

उसने कहा कि "दो घण्टे के आस-पास का समय लगेगा।"

मैंने हिसाब लगा लिया कि इतने समय में तो हम पांवटा साहिब घूम का आराम से वापस भी आ सकते हैं। देहरादून से वाया हरबर्टपुर पांवटा साहिब की दूरी 50 किमी है। मैंने तुरन्त ही पांवटा साहिब गुरुद्वारा जाने का निर्णय ले लिया।

आपको बताते चले कि हिमाचल प्रदेश में गुरु गोविन्द सिंह जी के द्वारा यमुना नदी के किनारे बसाये गये शहर पांवटा साहिब, इतिहास की कई रोचक घटनाओं को अपने आप में समेट रखा है। इसकी नींव सिक्खों के दसवें गुरु गोविंद सिंह जी ने रखी थी। पांवटा यानि की पांव टिकाने की जगह। गुरु गोविन्द सिंह 4 साल (1685 ई0 से 1689 ई0) से भी ज्यादा समय नाहन रियासत में इस स्थान पर रहे। उस समय नाहन रियासत के राजा मेदनी प्रकाश थे। मेदनी प्रकाश नाहन रियासत का तेतीसवां राजा था। राजा मेदनी प्रकाश ने यह सारी ज़मीन गुरु जी को सौप दी। यह पूरा ईलाका उस समय में घनघोर जंगल था। तमाम आदमखोर शेर यहाँ पर रहते थे। पांवटा साहिब से पाँच किलोमीटर की दूरी पर निहालगढ़ नामक एक गाँव है। इस स्थान पर गुरुद्वारा शेरगाह बना हुआ है। इसी स्थान पर गुरुजी ने एक आदमखोर शेर के दो टुकडें कर दिये थे। तमाम इतिहासकार बताते है कि यह आदमखोर शेर, राजा जयदर्थ था जिसने महाभारत के युद्ध में अर्जुनपुत्र वीर अभिमन्यू को धोखे से मारा था।

शीघ्र ही जंगल में मंगल हो गया। काफी दूर-दूर से सिक्ख, पांवटा साहिब आने लगे। यही पर उनके बड़े साहिबज़ादे अजीत सिंह का जन्म हुआ।

बहुत सी साहित्यों की रचना भी यमुना के इसी के किनारे पर हुयी, जिसकी वजह से पांवटा जल्द ही एक महान साहित्यक केन्द्र बन गया। गुरु साहिब ने खुद ही बहुत सारी बाणी की रचना की। इतने कम समय में विश्व का कोई सा भी नगर ऐसे नहीं बसा जैसे पांवटा। इस स्थान के पास ही यात्रियों के ठहरने के लिए कमरे भी बने है। इसी स्थान पर गुरु जी ने भंगाणी साहिब के मैदान में बाईसधार के राजाओं को तथा उनका साथ दे रही औरंगजेब की सेना को बड़ी ही बहादुरी के साथ युद्ध में हराया था। यह युद्ध 12 दिन तक चला था, जिसमें मात्र पाँच हजार अशिक्षित फौज के सामने बाईसधार के राजाओं की बीस हजार फौज हार गई। इतिहासकार लिखते है कि जब गुरु जी ने आनंदपुर छोड़ने का फैसला किया, उसी समय सरसा नदी पार करते वक्त 9 मन वजनी स्वयं लिखित रचनायें उस नदी में बह गईं। इनमें से बहुत सारा बहुमूल्य साहित्य पांवटा साहिब के इसी स्थान पर तैयार किया गया था। इस गुरुद्वारे का हमने प्रसाद भी चखा। समय यही कोई अपराह्न के एक बज रहा था। हमने वहीं से फिर बस पकड़ कर वापस देहरादून आ गये। मन में यह तसल्ली हो गयी कि चलो हमने सिक्खों के दो गुरुद्वारे का दर्शन कर लिया है। अब सिर्फ हेमकुण्ड साहिब और बाकी है, देखे कब बुलावा आता है।

प्राकृतिक और मानव निर्मित शहर चंडीगढ़ एवं शिमला की सैर

जुलाई 2007 के आते-आते मैंने अपनी नौकरी से रिजाइन कर दिया। मेरी पीएच0डी0 पूरी होने वाली थी। अब मेरा मन कॉलेज में पढ़ाने को कह रहा था। वर्ष 2009 में मैंने अपनी पीएच0डी पूरी कर ली। मेरा पहला कॉलेज "नवयुग डिग्री कॉलेज", मधुपुर, जौनपुर था। आने-जाने तथा रहने की तकलीफों के चलते दिसंबर 2011 में मैंने इस कॉलेज को छोड़ दिया। मेरा दूसरा कॉलेज "शिवनाथ वर्मा पी0जी0 कॉलेज", देवनगर, सुल्तानपुर था।

उच्च शिक्षा विभाग शिमला से सहा0 प्रो0 इतिहास विभाग के लिए निकली जगह के लिए लिखित परीक्षा देने के लिए बुलावा आया। मैं सपरिवार लखनऊ से ट्रेन पकड़ कर अपनी बहन के यहाँ चंडीगढ़ पहुँच गया। उन लोगों का भी जल्द ही पटियाला से चंडीगढ़ ट्रान्सफर हुआ था। हालाँकि पटियाला से चंड़ीगढ़ की दूरी लगभग 69 किमी0 है। रविवार के दिन हमने पूरा चंडीगढ़ घूमा। आपको बता दें कि चंड़ीगढ़ को भारत के सबसे विकसित, आधुनिक और समृद्धिशाली शहर होने का गौरव प्राप्त है। नेकचंद द्वारा बेकार की वस्तुओं से निर्मित रॉकगार्डन सारे विश्व में प्रसिद्ध है। हजारों विदेशी सैलानी इस नायाब नमूने को देखने के लिए यहाँ पर आते हैं। यहाँ पर 30 एकड़ में फैले, एशिया में गुलाब के फूलों का सबसे बड़ा पार्क, जाकिर हुसैन रोज गार्डन है, जिसमें गुलाब के फूलों की 1600 विभिन्न प्रजातियां है। सेक्टर एक में स्थित सुखना लेक का अपना ही आकर्षक है। लगभग दो किमी. के विस्तार में फैली हुई यह झील उत्तर भारत में स्थित सबसे बड़ी मानव निर्मित झील है। शाम को सेक्टर 17 के प्लाजा में घूमते हुए मैंने कुछ शॉपिंग की तथा एक अच्छा सा सूटकेस भी खरीदा।

दूसरे दिन हम लोग चण्डीगढ़ से 7 कि.मी. दूर पहले पंचकुला गये। वहाँ से 10 कि.मी की दूरी पर स्थित पिंजौर गार्डन को जम कर घूमा। यह पिंजौर गार्डन घग्घर नदी की सहायक कौशल्या और झज्जर नदी के संगम पर स्थित

है, जो लगभग 65 एकड़ भू-भाग में फैला है। यह सीढ़ीनुमा उद्यान चार मंजिलों में बंटा है। पहले इसका नाम पंचपुर था, जो बाद में पिंजौर के नाम से प्रसिद्ध हुआ। महाभारत काल में पिंजौर राजा विराट की नगरी थी। प्राचीन समय में यह स्थल एक पवित्र एवं दर्शनीय धर्मस्थल रहा होगा। यहाँ का द्रोपदी कुंड भी प्रसिद्ध है। ऐसा कहा जाता है कि द्रोपदी इसी कुंड में स्नान किया करती थी। मुगलकाल में औरंगजेब के समय में फिदाई खान ने 1661 ई0 में पिंजौर पर अधिकार कर लिया था।

पिन्जौर से टेम्पों वाला हमें कालका रेलवे स्टेशन पर ले गया जोकि लगभग 5 कि.मी की दूरी पर है। कालका से शिमला के लिए टॉय ट्रेन से रवाना हुए। टिकट पहले से ही रिज़र्व करा लिया गया था। लगभग 100 किलोमीटर पहाड़ी रास्तों का वह सफर तो जीवन का एक यादगार सफर था। मैं अपने मोबाइल फोन से उन पहाड़ी रास्तों पर छुक-छुक कर चलती हुयी ट्रेन का वीड्योज भी ट्रेन के दरवाजे पर खड़ा होकर बनाता रहा। बड़ोग स्टेशन आया। बड़ोग इस मार्ग की सबसे लम्बी सुरंग के लिए जाना जाता है। शिमला के रास्ते में ही है धर्मपुर स्टेशन है, जहाँ से 12 किलोमीटर की दूरी पर है कसौली हिलस्टेशन। इसके बारे में मैंने पहले ही काफी कुछ पढ़-सुन रखा था। इसकी ऊँचाई तो शिमला से भी ज्यादा है। कसौली एक छोटा सा शहर है जिसे आप आराम से पैदल ही दिन भर में पूरा घूमसकते है। कसौली शहर एक कैंट एरिया है, इसलिए शहर के अन्दर यहाँ सीमित होटल हैं, लेकिन शहर की मुख्य परिधि से हटकर भरपूर रिसॉर्ट एवं होटल है। मेरी कसौली को घूमने की यह इच्छा अधूरी ही रह गयी।

पहाड़ी रास्तों पर चढ़ाई के दौरान ट्रेन की रफ्तार भी कम हो जा रही थी। एक अजीब सा रोमांच पैदा हो गया था। रोमांच का आलम यह था कि ट्रेन कब अंग्रेजों के बसाये हुए इस शिमला स्टेशन पर खड़ी हो गई पता ही नहीं चला। ट्रेन से उतर कर हम भारत संचार निगम लि0 के गेस्ट हाऊस की तरफ बढ़े। शिमला स्टेशन से ही लगातार चढ़ाई, चलते-चलते हम लोग तो बुरी तरह से थक चुके थे। केवल मेरी पत्नी तथा मेरे बहनोई को उतनी थकान नहीं लगी थी, जितनी की मुझे तथा मेरी बहन को लगी थी। ये दोनों लोग हम दोनों की

हालत पर मुसकुरा रहे थे। गाँव मे निवास करने वाले लोगों का स्टेमिना भी गजब का होता है, वो उतनी जल्द नहीं थकते। कारण यह भी है कि गाँव के बच्चे बचपन से ही काफी भागदौड़ किये रहते हैं। वो तो भगवान का शुक्र है कि लिफ्ट की भी व्यवस्था है, जिससे हम आसानी के साथ ऊपर एक पहाड़ी की चोटी पर पहुँच गये। इसके बाद भी काफी पैदल चलना पड़ा। अन्त में हम गेस्ट हाऊस पहुँच ही गये, लेकिन हम बुरी तरह से थक चुके थे।

शाम हो गयी, ठण्ड भी काफी लग रही है, खाना खा कर चुपचाप अपने बिस्तर पर सो जाने में ही भलाई है। सुबह उठ कर हमने चाय पी तथा एक टैक्सी के माध्यम से ही शिमला की सैर करने की योजना बनाई। तय यह हुआ कि पहले मैं अपने सेन्टर पर चलकर परीक्षा दे लूँगा, इसके बाद वहीं से उसी टैक्सी से अन्य जगहों की सैर की जायेगी।

माल रोड पर घूमते हुए ब्रिटिश राज के दिनों की याद अभी भी यहाँ ताजा की जा सकती है। शिमला में अब वर्ष भर भीड़ रहती है। कई बार तो मैं यह सोच कर हैरान हो जाता हूँ कि इतनी ठंड में भी भला कोई घूमने की कैसे सोच सकता है? मन फिर से विचार करने लगता है कि आज की भाग-दौड़ की जिन्दगी में लोगों को सुकून चाहिए। अब वह सुकून शिमला जैसी खूबसूरत जगह ही दे सकती है। अंग्रेजों ने शिमला को बहुत ही अच्छे ढंग से बसाया है। 19 वीं सदी के दशक में शिमला, पंजाब के महाराजाओं की सैर-गाह हुआ करती थी। एक समय था कि पटियाला के महाराजा भूपिंदर सिंह के शिमला में घुसने पर, अंग्रेजों ने रोक लगा दी थी। महाराजा ने उसी जिद में शिमला से 45 किलोमीटर दूर, चायल को बसा दिया। महाराजा ने वहाँ पर अपना पैलेस भी बनवाया, जोकि वहाँ का मुख्य आकर्षण है। अब यह महल एक होटल में तब्दील हो चुका है। चायल, शिमला से ऊँचाई में ज्यादा है। चायल से शिमला को देखा जा सकता है। यह तीन पहाड़ियों पर बसा है। यहाँ पर शिमला की तरह से भीड़-भाड़ भी काफी कम ही रहती है।

परीक्षा दे लेने के बाद हम सब टैक्सी से जाखू हिल पहुँचे। जाखू को शिमला की सबसे ऊँची चोटी माना जाता है। यहाँ पर हमारा स्वागत सबसे पहले बंदरों ने किया। जी हाँ! जाखू हिल पर काफी शरारती बन्दर रहते हैं। यहाँ

पर हनुमान जी की काफी ऊँची मूर्ति स्थापित की गयी है। यहाँ से लौट कर हम अंग्रेजों द्वारा निर्मित प्राचीन चर्च भी गये। चर्च के अन्दर जब हम प्रार्थना की मुद्रा में खड़े थे तो मेरा मन यह विचार कर रहा था कि कभी इस गिरजाघर का काफी महत्व रहा होगा, आज यह विरान पड़ा है, शायद यही सबकी नियति है। आज जिस चीज का महत्व है, जरुरी नहीं है कि सौ साल के बाद भी उसका वही महत्व होगा। चर्च के बगल में ही स्थित लक्कड़ बाजार हमने पूरा घूमा लेकिन कोई खास हमें नहीं लगा। लकड़ी की कलात्मक वस्तुओं के लिए यह बाजार जाना जाता है। इसके बाद पैदल मार्च करते हुए हम अंग्रेजों के कबिस्तान पर भी गये। तमाम अंग्रेजों की तथा उनकी मेमों की कब्र यहाँ पर हैं। एक पादरी ने हमको बताया कि इन कब्रो की देखभाल के लिए आज भी पैसा लन्दन से आता है। समय-समय पर इनके वंशज भी यहाँ पर आकर फूल-माला चढ़ा जाते हैं और इस तरह से वो अपने इन पूर्वजो को याद कर लेते हैं। इस तरह से हमारा शिमला का यह दौरा पूरा हुआ। हम सब उसी टॉय ट्रेन से वापस कालका लौट आये, कालका से वापस चंडीगढ़।

शाम को हम मनीमाजरा नामक स्थान पर स्थित श्री मनसा देवी के प्रसिद्ध मन्दिर में दर्शन करने के लिए गये। महाराजा पटियाला ने इस विशाल मन्दिर का र्निमाण करवाया था। मनसा देवी का यह मन्दिर प्रमुख शक्ति पीठ माना जाता है। कहा जाता है कि यहीं पर सती का मस्तक गिरा था। मन्दिर में देवी की प्रतिमा तीन सिर एवं पाँच भुजाओं वाली है। इनके वाम भाग में हवन कुण्ड तथा शीतला माता का मन्दिर है। दक्षिण भाग में चामुण्डा देवी तथा लक्ष्मी नारायण जी का मन्दिर है। जिसके सन्मुख, पश्चिम की ओर महादेव जी का मन्दिर है। मन्दिर की परिक्रमा में भी विभिन्न प्रकार के हिन्दू देवी-देवताओं की सुन्दर व मनोहर मूर्तियाँ दीवारों पर बनवाई गई हैं। मन्दिर में कोई खास भीड़ नहीं थी। चैत्र के नवरात्रों में यहाँ पर बहुत बड़ा मेला लगता है। मन्दिर के आस-पास काफी खाली स्थान भी है। मन्दिर घूमकर लौटने पर हमने वापस घर लौटने के लिए अपनी-अपनी पैकिंग करनी शुरु कर दी। चंडीगढ़ रेलवे स्टेशन पर हम समय से पहुँच गये। ट्रेन आने ही वाली थी। हमारा टीकट ए0सी0 थ्री टियर में था। ट्रेन के आने पर जब हम अपनी बोगी में गये तो पता चला कि

हमारा टीकट अपग्रेड़ होकर ए0सी0 टू टियर में हो गया है। खैर यह भी यात्रा का ही एक अभिन्न अंग है। ट्रेन अपने समय से छूटी। हम वापस लखनऊ पहुँच गये। वहाँ से एक दूसरी ट्रेन किसान एक्सप्रेस पकड़ कर सुरहुरपुर अपने गाँव आराम से पहुँच गये। तुम्हारी याद आयेगी चंडीगढ़।

मेरे बहनोई अमित जी को भी चंडीगढ़ शहर बहुत ही पसन्द आया था। उन्होंने चंडीगढ़ के जिरकपुर क्षेत्र में अपना एक अच्छा सा फ्लेट भी खरीद लिया। इसको खरीदते ही उनका यहाँ से फैजाबाद में ट्रांसफर भी हो गया।

आगरा, फतेहपुर सीकरी एवं मथुरा

बहुत दिन हो गये थे, कहीं पर घूमने के लिए नहीं निकल पा रहा था। अचानक ही मेरे मन में एक ख्याल आया कि क्यों न इस बार गर्मियों की छुट्टी में ताजमहल घूमने चला जाए। हमारे कॉलेज के बी0एड0 विभाग का टूर भी आगरा व मथुरा कॉलेज के बच्चों को लेकर के गया था। यह बात और थी कि उस टूर में मैं नहीं था। ऐसी विश्व प्रसिद्ध जगह को मैं अपने हिसाब से घूमना चाहता था, तो चलो बन गया प्लान। अब आगे ट्रेन में रिजर्वेशन की समस्या पैदा हो गयी। वाराणसी व फैजाबाद तथा लखनऊ से कोई भी ऐसी ट्रेन नहीं थी, जिसमें जगह मिल पाती। हमने इलाहाबाद वाया कानपुर से होकर जाने वाली एक ट्रेन में ए0सी0 थर्ड क्लास में वेटिंग में अपना और पत्नी गीता तथा अपने दस साल के सुपुत्र आदित्य का टिकट जिसकी बोर्डिंग कानपुर से थी, जून माह के प्रथम सप्ताह में बुक कर दिया। इसके साथ ही एक मित्र के कहने पर मैंने आगरा में ओयो वेबसाइट के माध्यम से ऑनलाइन होटल भी बुक कर दिया। कमरे का रेंट था एक हजार रूपये। होटल में एंट्री हमने जानबूझ कर 9 बजे रात की डाली कि अगर ट्रेन लेट भी हो जाये तो भी हम आराम से होटल समय पर पहुँच जायेंगे। हम कानपुर पहुँच गये।

कानपुर के किदवई नगर में 'के' ब्लाक में मेरी ननिहाल भी है। संजोग से उस समय मेरे माता-पिता भी कानपुर में ही थे। हमने सोच रखा था कि अगर ट्रेन में कन्फर्म सीट नहीं मिलती है, तब हम कानपुर से वापस लौट आयेंगे। अब तक हमारा टिकट वेटिंग के दायरे से बाहर निकल कर आर0ए0सी0 मोड में आ चुका था। आखिर वो दिन भी नजदीक आ गया जिस दिन हमारी ट्रेन थी। चार्ट बनने पर हमें कन्फर्म सीट मिलने का मैसेज मोबाइल पर आ गया, लेकिन उसमें भी एक दिक्कत यह हो गई कि आदित्य का टिकट दूसरी बोगी में शो कर रहा था। यह अक्सर ही मेरे साथ होता है। जब भी मैं तीन टिकट लेता हूँ तो वो जब कन्फर्म होता है, तब एक टिकट किसी और ही बोगी में चला जाता है और वो वाली सीट मेरे लिए बेकार ही हो जाती है। पता नहीं रेलवे मेरे साथ ऐसा मजाक

क्यों करती है? खैर हमने एक साथ ही एक ही बोगी में रहने का फैसला किया। ट्रेन का समय शाम को 4 बजे था। हम 2 बजे ही स्टेशन पर पहुँच गये। वहाँ हमें पता चला कि भारतीय ट्रेन अपने निर्धारित समय से दो घण्टे की देरी से है। सांय के 7 बज रहे थे लेकिन ट्रेन का कुछ भी पता न था। ओयो वेबसाईट की तरफ से फोन आता है कि आप का कमरा बुक है, आप आगरा आ रहे है न? मैंने बताया कि हमारी ट्रेन लेट है, हमें पहुँचने में थोड़ी देर हो सकती है। फोन कट चुका था। 8 बजे फिर उनका फोन आया। मैंने कहा यार मैंने कमरा बुक कर लिया है, मैं आऊँ या न आऊँ तुमकों तो पैसा दे ही चुका हूँ। अब मुझे महसूस होने लगा कि एडवांस्ड में होटल बुक करके वास्तव में मैंने गलती कर दी है।

ट्रेन रात के 9 बजे कानपुर सेंट्रल पर आई। ट्रेन के आते ही एक बार फिर फोन की घण्टी बजी। फोन पर इस बार कोई और शक्स बोल रहा था। रेलवे स्टेशन पर जब कोई ट्रेन आती है तब शोर-गुल कुछ ज्यादा ही बढ़ जाता है।

वो शक्स बोल रहा था कि "अगर आप आगरा आना चाहते है तो 1 दबाइये और अगर आप का प्रोग्राम कैंसिल हो गया हो तो 2 दबाकर अपने उत्तर की पृष्टि करें।"

शोर की वजह से साफ न सुन पाने के कारण मैंने गलत बटन दबा दिया। मेरे मोबाइल पर थोड़ी ही देर में एक मैसेज आया कि आपका रूम कैंसिल कर दिया गया है। धन्यवाद! मेरी समझ में अब ये नहीं आ रहा था कि इन्होनें आखिर मेरा रूम कैसे कैंसिल कर दिया? मैंने तुरन्त ही इनके एक अधिकारी को फोन लगाया और रूम कैंसिल होने का कारण पूछा।

उसने मुझे बताया कि "आपके ही आग्रह पर हमने रूम कैंसिल कर दिया है।"

मैंने कहा कि "फिर मेरे पैसे मेरे एकाउन्ट में ट्रांसफर कर दो।"

उसने कहा कि "अब पैसा आपको नहीं मिलेगा।"

मैंने कहा कि “जब आपको पैसा वापस नहीं करना है, तब आपने मेरा रूम कैंसिल ही क्यों किया? मैं आता या नहीं आता आप उसे 24 घण्टे के बाद ही कैंसिल करते।”

उसने कहा कि “ठीक है, मैं अपने से बड़े अधिकारी से बात करके आप को बताता हूँ।”

थोड़ी ही देर के बाद उसका फोन आता है कि “सर आपका रूम कैंसिल हो चुका है, अगर आप कहें तो मैं फिर से आपको वही रूम बुक करवा देता हूँ। लेकिन रूम का भाड़ा रूपया एक हजार आपको दुबारा से देना होगा।”

मैंने कहा “भाई साब अब आप मेरे ऊपर मेहरबानी मत करें। मैं आगरा पहुँच का खुद ही रूम बुक कर लूँगा। अच्छा ठगी का पेशा खोल रखा है आप लोगों ने। अब दुबारा से मैं खुद ऐसी गलती नहीं करूँगा।” ट्रेन कानपुर स्टेशन को छोड़ चुकी थी।

रात के करीब एक बजे हम फोर्ट स्टेशन पर पहुँचे। स्टेशन पर ही रात बिताने के अलावा हमारे पास अब कोई चारा नहीं था। उसी समय एक टेम्पो वाला भी हमारे पास आया। उसने कहा कि “वह हमें होटल में रूम दिलवा देगा।”

मैंने कहा कि “अब तो रात में हम कहीं पर भी नहीं जाएँगे। सुबह होने पर ही देखा जायेगा।” फोर्ट स्टेशन के वेटिंग रूम में हम रुके।

सुबह का उजाला होने से पहले ही हम फ्रेश हो गये। चाय वगैरह पी कर मैं वही फोर्ट स्टेशन पर चहलकदमी करने लगा। फोर्ट स्टेशन पूरी तरह से कवर्ड रेलवे स्टेशन है। गर्मी के दिनों में हवा भी आसानी से शरीर को नहीं लग पाती। काफी उमस हो रही थी। अकबर के द्वारा बनाया हुआ किला इस स्टेशन के एकदम पास में ही था। मुझे किला तथा उसका दरवाजा स्टेशन से साफ-साफ दिख रहा था। सुबह के 7 बज गये। वही टेम्पो वाला जोकि रात से ही हमारे पीछे लगा हुआ था, फिर मेरे पास आया और कहने लगा कि “सर चलिए आपको अच्छा सा होटल दिखला देता हूँ। अगर आप को अच्छा लगे तो आप लेना।”

मैं समझ गया कि जरूर यह किसी न किसी होटल का एजेन्ट है और इसका कमीशन उस होटल से तय होगा, तभी तो यह इतना परेशान है। मैंने कहा कि "यार हम होटल खुद ही पता कर लेंगे। तुम बिना मतलब के परेशान मत हो।"

उसने कहा कि "स्टेशन के पास वाले होटल बहुत ही महँगे है तथा ज्यादा होटल स्टेशन के पास है भी नहीं। आप को थोड़ी दूरी पर ही अच्छा तथा सस्ता होटल मिलेगा।"

मैंने कहा कि "ठीक है ले चलो।"

उसने हमारे समान को अपने टेम्पो में रखा तथा हमें लेकर बालूगंज स्थित अपने जान पहचान के होटल लवानियाँ में ले गया। मैंने होटल के मैनेजर से कहा कि "हमें नीचे का ही रूम चहिए।"

उसने हमें एक रूम जोकि उसी वक्त खाली हुआ था, रूपया एक हजार में दिया। रूम ए0सी था। हमने थोड़ी देर तक आराम किया। मैंने उसी टेम्पो वाले से कहा कि "तुम 9 बजे आ जाना। हम लोगों को आगरा घूमना है।"

टेम्पो वाला 9 बजे हाजिर हो गया। तब तक हम लोग भी नहा-धो कर तैयार हो चुके थे। मैंने टेम्पो वाले से पूछा कि "आगरा घूमाने का तुम कितना चार्ज लोगे?"

उसने कहा कि "रूपया एक हजार।"

मैंने उससे कहा कि "कुछ ज्यादा नहीं माँग रहे हो?"

टेम्पो वाले ने जवाब दिया कि "सर पूरा दिन घूमाने में लग जाएगा। आप खुद ही देख लीजिएगा की कितनी मेहनत है।"

मैंने कहा कि "अच्छा चल भाई।"

यमुना नदी के किनारे स्थित आगरा भारत के ऐतिहासिक तथा प्राचीनतम नगरों में से एक है। प्राचीन काल में आगरा के चारों तरफ दृढ़ और मजबूत दीवारें थीं। उन दीवारों में 16 दरवाजे बने हुए थे। आर्य लोग शत्रुओं के आक्रमण से बचने के लिए इस नगर को सीमा रक्षक की तरह से काम में लाते थे।

इसका प्राचीन नाम "योगिनीपुर" था। महाभारत के समय यह नगर अग्रवन के नाम से सुविख्यात था। कुछ इतिहासकारों का कथन है कि इस नगर की नींव महाराजा उग्रसेन ने रखी थी। इस कारण से इसका नाम 'आगरा' पड़ा। शहर से सात किमी की दूरी पर स्थित है भिठौरा। यहाँ गंगा की धारा उत्तर से दक्षिण की तरफ बहती है। यहीं पर स्थित है भृगु तपस्थली। यहाँ पर महर्षि भृगु ने भृगु-संहिता लिखी थी। अश्वनी कुमारों की नगरी अश्वनी और अश्वत्थामा की नगरी असोधर भी इसी पावन भूमि पर है।

इसकी नींव दिल्ली सल्तनत के सुल्तान सिकन्दर लोदी ने 1504 ई. में रखी थी। सिकन्दर लोदी ने इसे 1506 ई0 में अपनी राजधानी बनाया था। बाबर फरगना का शासक था। बाबर को पंजाब के राजा दौलत खाँ लोदी और इब्राहिम लोदी के चाचा आलम खाँ ने आंमत्रित किया था। 21 अप्रैल 1526 ई0 में पानीपत के प्रथम युद्ध में बाबर ने इब्राहिम लोदी को पराजित करके मौत के घाट उतार दिया। बाबर अपने पाँचवें आक्रमण में भारत में प्रविष्ट हुआ। अब आगरा पर मुगलों का अधिकार था। मुगल काल में आगरा ने एक राजधानी के रूप में ख्याति पाई। मुगल काल में आगरा मुस्लिम शिक्षा के एक मुख्य केन्द्र के रूप में बना रहा।

अकबर ने यहाँ एक बड़ा मदरसा खोला था। जहाँगीर तथा शाहजहाँ ने भी आगरे में मदरसे खोले थे। औरंगजेब के बुरे व्यवहार के कारण आगरा में अब जाटों का राज हो गया था। सन् 1769 से लेकर 1773 ई0 तक भरतपुर के जाट आगरा पर राज कर रहे थे। अट्ठारहवी सदी के अन्त तक ये राजनीति में सबसे सबल बन गये।

जाट राजा सूरजमल ने आगरा के किले पर अधिकार कर लिया, उसने सिकंदरा पर आक्रमण करके अकबर के मकबरे को लूट लिया तथा उसकी हड्डियों को आग के हवाले कर दिया। उसने ताजमहल में भूसा भरवा दिया। 18 अक्टूबर 1803 ई0 में आगरा का किला अंग्रेजों के हाथ लग गया। सन् 1805 में आगरा को अलग-अलग भागों में बाँट दिया गया और इसकी देख-रेख के लिए कलक्टर रख दिया गया। अंग्रेज सरकार के हुक्म से आगरा शहर को उत्तर-पश्चिम प्रोविन्स का नाम दिया गया तथा इसे बंगाल प्रोविन्स से नीचा दर्जा

दिया गया। सन् 1857 के ग़दर में इस शहर को भी बड़ी भारी कीमत चुकानी पड़ी। अब राजधानी आगरा से हटाकर इलाहाबाद को बनाया गया। शहर के मुख्य न्यायालय को भी यहाँ से हटाकर अब इलाहाबाद में कर दिया गया। पहली आजादी की लड़ाई में जोकि सन् 1857 ई0 में हुई थी, उसमें पं0 नेहरू के परिवार ने बहादुर शाह की मदद की थी। बहादुर शाह के बन्दी बना लेने के बाद तथा अंग्रजों के हाथ में दिल्ली आ जाने के बाद नेहरू परिवार ने दिल्ली को छोड़कर आगरा में रहना ठीक समझा। उन्होंने आगरा के माइथान मुहल्ले में एक घर खरीदा। पण्डित मोती लाल नेहरू ने आगरा कॉलेज से अपनी शिक्षा पूरी करने के बाद यहीं नामी वकील बन गये। जब हाई कोर्ट को यहाँ से हटाकर इलाहाबाद में किया गया तो नेहरू ने इलाहाबाद में ही रहना ज्यादा सही समझा।

इस जिले की सबसे शानदार इमारत जोकि अपनी सुन्दरता के लिए दुनिया के सात आश्चर्यो में जानी जाती है, ताजमहल है। वास्तव में ताजमहल, मुमताज महल का मकबरा है। इसी के नाम से इस मकबरे का स्टेशन से लगभग चार किलोमीटर की दूरी पर सफेद संगमरमर से बनी वास्तुकला की यह एक अद्भुत कृति है। इसके निर्माण में 22 वर्ष का समय व लगभग एक लाख मजदूरों की कड़ी मेहनत लगी थी। देश के हर एक कोने से कारीगर आए थे। ताजमहल के प्रवेश द्वार पर कुरान की आयतें खुदी हैं तथा द्वार के ऊपर छोटी-छोटी 22 गुंबदें स्थित हैं, जो इस बात को प्रदर्शित करती हैं कि इसे बनाने में 22 वर्ष का समय लगा था। ताजमहल की सबसे बड़ी गुंबद 60 फुट के घेरे में फैली है तथा यह 60 फुट ऊँची है। गुंबद के ठीक नीचे बेगम मुमताज एवं शाहजहाँ की कब्रें साथ-साथ स्थित हैं।

तेज गर्मी थी, हम पसीने-पसीने हो गये। ताज से बाहर निकल कर हमने ताज के ही पश्चिमी गेट पर स्थित एक बाब रेस्टोरेंट से भोजन किया, तब जाकर कुछ जान में जान आई। हमने ताज के सामने ही कुछ अच्छी-अच्छी फोटो भी खिंचवाई, आखिर कुछ तो निशानी चाहिए ही होती है, दोस्तों एवं रिश्तेदारों को दिखाने के लिए। यहाँ से चलकर हम सीधे लाल किला पहुँचे।

आगरा का किला- आगरा का विशाल किला, यमुना नदी के किनारे स्थित है। इसका निर्माण मुगल बादशाह अकबर के समय सन् 1556 में हुआ था। लाल पत्थर से निर्मित यह किला विश्व के विशालतम किलों में से एक है। किले में स्थित शाही स्नानागारों की शोभा तो बस देखते ही बनती है। इनकी दीवारों पर शीशे का काम बहुत ही अच्छा है। किले के चारों तरफ एक गहरी खाई है जो कभी यमुना के जल से भरी रहती होगी। किले के अन्दर रंगमहल, शीशमहल, जहाँगीर महल, खास महल, शाहजहाँनी महल, अकबर महल, दीवानें आम, दीवाने खास, रनिवास, आदि स्थित हैं। किले के अन्दर तीन मसजिदें हैं- मीना मसजिद, नगीना मसजिद और शाही मोती मसजिद। किले में पहले चार प्रवेश द्वार थे परन्तु बाद में दो द्वारों को बन्द कर दिया गया। शेष दो द्वारों में एक दिल्ली द्वार और दूसरा अमरसिंह द्वार कहलाता है। जो दो अन्य द्वार बन्द है, उनके नाम दरियाई दरवाजा तथा दर्शनी दरवाजा है। किले के बाहरी दरवाजे के भीतर हाथीपोल है। इस दरवाजे के दोनों ओर दो हाथी और उनके सवार बने थे। हाथियों के सवार चित्रौड़गढ़ की रक्षा में बलि हो जाने वाले वीर सिसोदिया, जयमल और फत्ता थे। बाद में औरंगजेब ने उनकी मूर्तियों को वहाँ से उखड़वा कर फिकवा दिया था। औरंगजेब को यह किला उतना नहीं पंसद था, जितना कि अकबर उसे पंसद करता था। इसी कारण औरंगजेब अधिकतर दिल्ली में ही रहता था।

एत्मादुद्दौला- इसका निर्माण जहाँगीर की बेगम नूरजहाँ ने अपने पिता मिर्जा गयासबेग की स्मृति में कराया था। यह आगरा से लगभग छह किलोमीटर की दूरी पर स्थित है। इस मकबरे का निर्माण 1622 से 1628 के बीच में हुआ था। यह इमारत एक सुदंर आयताकार बगीचे से घिरी हुई है। संगमरमर एवं लाल पत्थरों से निर्मित इस इमारत को काफी बारीकि से तराशा गया है।

सिकंदरा- सिकंदरा मुगल बादशाह अकबर का मकबरा है। सिकंदरा में अकबर की कब्र हिंदू और मुस्लिम कला एवं स्थापत्य का उत्कृष्ट नमूना है। सम्राट अकबर के द्वारा निर्मित सिकंदरा को सन् 1613 में उसके पुत्र जहाँगीर के द्वारा पूरा किया गया था। यह आगरा-दिल्ली मार्ग पर आगरे से लगभग 5 कि.मी. की दूरी पर स्थित है। जाट नेता राजाराम ने सिकंदरा को लूट लिया था तथा

अकबर की कब्र को खोदकर उसमें से बहुमूल्य वस्तुएं निकाल ली थीं। उसने अकबर की हड्डियों तक को आग में झोंक दिया था।

दयालबाग- इसमें राधा स्वामी महाराज की समाधि है। उक्त इमारत में उनके पवित्र अवशेष सुरक्षित हैं। इसमें सफेद, गुलाबी, हरे, पीले तथा विविध संगमरमर के पत्थरों का प्रयोग किया गया है। पत्थरों पर कमल, कदली, पपीता, अंगूर, अशोक सहित विविध पुष्पों को प्राकृतिक ढंग से उत्कीर्ण किया गया है। यह आगरा से लगभग 7 किलोमीटर की दूरी पर स्थित है। यह इमारत राधा स्वामी संत की उदारता की पुष्टि करती है।

रामबाग- इसका निर्माण बाबर ने सन् 1526 में कराया था। यह आगरा-अलीगढ़ मार्ग पर स्थित है। भारत आने पर बाबर को अत्यधिक गरमी महसूस हुई तो उसने इस उद्यान की रचना कराई। बाबर के समय इसका नाम 'बागे नुरअफसन' था। जब आगरा मराठों के हाथ में आ गया तो उन्होंने इसका नाम 'रामबाग' रख दिया।

अकबरी चर्च- यह एक प्राचीन गिरजाघर हैं। इसका निर्माण अकबर ने कराया था।

मरियम जमानी का मकबरा- इसका निर्माण जहाँगीर ने अपनी माँ मरियम की याद में कराया था। यह आगरा-दिल्ली मार्ग पर स्थित है। इसमें सम्राट अकबर की प्रिय सम्राज्ञी मरियम जमानी की कब्र है। वर्तमान में यह भवन जीर्ण-शीर्ण हालत में है।

चिनी का रोजा- इस रोजा में जहाँगीर के दरबारी कवि शकुल्लाह को दफनाया गया है।

सुरकुटी- यह सूरदास की जन्मस्थली है। आगरा-दिल्ली राजमार्ग पर लगभग 22 किमी. की दूरी पर है।

दूसरे दिन हमने उस होटल को छोड़ दिया क्योंकि वह मुख्य शहर से थोड़ी दूरी पर पड़ता था। दूसरे वहाँ से कहीं पर भी जाना हो तो बिना टेम्पो के काम नहीं चलने वाला था। सुबह के 8 बज रहे थे। मैंने उसी टेम्पो वाले को फोन करके बुला लिया। मैंने उससे कहा कि "तुम मुझे बस स्टैंड तक छोड़ दो।"

फतेहपुर सीकरी जाने कि लिए के लिए दरगाह के पास ही बस स्टेण्ड है, जहाँ से आपको सीकरी की बस असानी से मिल सकती है। सुबह का वक्त था, धूप भी कुछ कम थी। हम बस में बैठ गये।

आगरा से कुछ ही दूरी (37 किमी.) पर जयपुर वाली रोड पर स्थित है फतेहपुर सीकरी। यह लगभग चौदह वर्षो तक मुग़ल साम्राज्य की राजधानी बना रहा। इसकी स्थापना अकबर ने की थी। कहते है कि सम्राट अकबर के कोई औलाद नहीं थी। वह निःसंतान था। सीकरी नामक गाँव में एक गुफा में सलीम चिश्ती नामक एक काफी पहुँचे हुए मुस्लिम फकीर रहते थे। जिनके आर्शीवाद से अकबर को पुत्र रत्न की प्राप्ति हुई। जिसका नामकरण सम्राट ने सलीम चिश्ती के ही नाम पर सलीम रखा जोकि इतिहास में जहाँगीर के नाम से जाना जाता है।

इस स्थान को काफी शुभ मानते हुए अकबर ने इसे अपनी राजधानी बनाया। इस स्थान का नाम उसने फतेहपुर सीकरी रखा। इसमें फतेहपुर तो उपर टीले पर था और सीकर नीचे बसा था। यह राजधानी लगभग छह मील के दायरे में फैली हुई थी। यह चारों तरफ से मजबूत दीवारों से घिरी हुई थी जिसमें सात दरवाजे थे। इन दरवाजों के नाम इस प्रकार से है- लाल दरवाजा, अकबराबाद दरवाजा, ग्वालियर दरवाजा, अजमेरी दरवाजा, टेढ़ा दरवाजा, आगरा दरवाजा तथा दिल्ली दरवाजा।

आगरा वाले दरवाजे से शाही राजप्रसादों तक एक सड़क जाती है। इसी सड़क पर लार्ड कर्ज़न का डाक बंगला भी है। कहते हैं कि यहाँ पर पानी का काफी अभाव था, जिससे मजबूर होकर के अकबर को सीकरी छोड़कर वापस आगरा अपने महल में लौटना पड़ा था।

शेख सलीमशाह चिश्ती की दरगाह- इस दरगाह का निर्माण सन् 1581 में अकबर ने सूफी संत शेख सलीम की याद में कराया था। यह सफेद संगमरमर के पत्थर की बनी एक शानदार इमारत है। इस दरगाह के बारे में ऐसा कहा जाता है कि यहाँ पर आकर मनौती माँगने के लिए धागा बांधने और इस पर मन्नत की चादर चढ़ाने वाले हर व्यक्ति की हर ख्वाहिश पूरी होती है।

जामा मस्जिद एवं बुलन्द दरवाजा- इसकी गिनती संसार की प्रमुख मस्जिदों में की जाती है। इसका निमार्ण सन् 1571 ई. में हुआ था। लाल पत्थरों से बनी इस मस्जिद में दो दरवाजे हैं। पूर्व का दरवाजा शाही दरवाजा था, जहाँ से सम्राट अकबर मस्जिद में प्रवेश करता था। यह दरवाजा लगभग 18 मीटर ऊँचा तथा 13 मीटर चौड़ा है और दूसरा बुलन्द दरवाजा, जहाँ से अन्य लोग प्रवेश करते थे। यह बुलन्द दरवाजा दक्कन (दक्षिण भारत की विजय) के उपलक्ष्य में 1602 ई. में बनवाया गया था। यह 176 फुट ऊँचा है। इस विशालकाय मेहराबदार दरवाज़े के ऊपर अनेको छत्रियाँ बनी हैं।

दीवाने खास- इसकी खासियत यह है कि बाहर से देखने पर यह दो मंजिला लगता है पर है यह एक ही मंजिला। हॉल के बीच में एक विशाल खम्भा खड़ा है। इसके उपर चारों तरफ चार रेलिंगदार रास्ते हैं। इसके मध्य पर अकबर का तख्त रहता था। कहते है कि अकबर इसी गोलाकार बने हुए मंच पर बैठ कर अपने राज्य की शासन संबधी बातें करता था। गैलरी के चारों कोनों पर चार वजीर बैठते थे। दीवाने खास के पास ही आँख-मिचौली नाम की इमारत है। कहते है कि अकबर अपने हरम की महिलाओं के साथ यहाँ खेलता था।

दीवाने आम- यहाँ पर अकबर अपने राज्य के आम लोगों को दर्शन देता था। आम जनता के लिए यह न्याय प्राप्त करने का या फिर अपनी कोई शिकायत दर्ज कराने का एक स्थान था। यहाँ से एक रास्ता दौलतख़ाने को जाता है। दीवाने आम का पश्चिमी भाग ख्वाबगाह के पूरबी भाग से मिला हुआ है।

ख्वाबगाह- बादशाह के सोने का कमरा, इसकी पूरी दीवार पर आर्कषक चित्र बने हुए थे। अकबर को शायद चित्रों से काफी लगाव था।

जोधाबाई महल- यह इमारत हिन्दू शैली में बनी है। लाल पत्थर से बना पूरा महल, चित्रों से भरा हुआ था। अकबर के बनवाये गये महलों में जोधाबाई का महल सबसे बड़ा माना जाता है।

सुनहरा मकान- इसके बरामदे में रामावतार का चित्र खुदा हुआ है। कुछ अन्य हिन्दू देवी-देवताओं के भी चित्र इस पर खुदे थे, जिन्हें बाद में शायद

तुड़वा दिया गया हो। सुनहरे रंग की होने के कारण सम्भवतः इस कोठी का नाम सुनहरा महल पड़ गया हो।

पंच महल- यह इमारत अनेकों खंबो पर टिकी हुई है। इसके उपर चढ़कर सम्भवतः बादशाह एवं उसकी बेगमें सैर करती थीं।

तुर्की सुल्तान का महल- यह एक अत्यन्त ही खूबसूरत महल है। इस महल को एक ढका हुआ रास्ता इसे ख्वाबगाह से मिलाता है। इसके पास ही अनूप तालाब है। जिसके मध्य में एक चबूतरा है जोकि चारों दिशाओं से पुल के माध्यम से जुड़ा है।

काफी पैदल चलना पड़ा। धूप भी काफी तेज थी। बार-बार प्यास लग रही थी। फतेहपुर बस स्टेण्ड के पास ही स्थित अजय रेस्टोरेंट से हमने नाश्ता किया। आदित्य को आइसक्रीम खाने की जिद पड़ी थी। आइसक्रीम पाते ही उसके चेहरे पर मुस्कान आ गयी। फतेहपुर सीकरी घूम लेने के बाद शाम तक हम लोग वापस आगरा लौट आये। इस बार हम शिवाजी मार्केट में बिजली घर के पास ही स्थित होटल प्रिंस संजय में ठहरे। यह होटल पहले वाले होटल की तुलना में काफी बड़ा तथा शानदार था। भाड़ा भी, वही एक हजार रूपये प्रति दिन के हिसाब से ही था। रात का खाना हमने बाहर निकल कर फोर्ट रेलवे स्टेशन के सामने किया। इस स्टेशन के सामने तमाम अस्थाई रेस्टोरेंट है, जोकि छोला-भटूरा बहुत ही अच्छा खिलाते हैं। दिन-भर के थके-मादे हम थे ही, इसलिए रात में नींद काफी अच्छी आई।

सुबह 10 बजे के करीब हमने होटल छोड़ दिया। हम बिजली घर वाले बस स्टेण्ड पर आ गये, जोकि हमारे होटल से बहुत ज्यादा दूर नहीं था। इस बस स्टेण्ड से हमने मथुरा जाने वाली बस पकड़ ली। मथुरा, आगरा और दिल्ली के मध्य में स्थित है। रास्ते में हमारी बस बिगड़ गई। शायद उसके गियर बाक्स में कोई परेशानी आ गई थी। शाम तक उसने किसी तरह से धीरे-धीरे चलकर हमें कृष्ण की नगरी मथुरा तक पहुँचा दिया। आगरा की अपेक्षा यहाँ पर गर्मी का असर कुछ कम था। मथुरा के बस अड्डे के पास ही स्थित बालाजी गैस्ट हाउस में हमें कमरा मिल गया। यहा पर भी ए0सी0 रूम एक हजार रूपये में पड़ा। इसके ठीक सामने ही स्थित बृजवासी स्वीट से हमने मथुरा के प्रसिद्ध

पेडों का भी स्वाद लिया। शाम को हमने चहलकदमी करते हुए आस-पास की जगहो व दुकानों आदि को देखा।

उत्तर प्रदेश के सबसे पुराने और धार्मिक नगरी में मान्यता है मथुरा की। मथुरा कृष्ण की नगरी के रूप में मान्य हैं। यह यमुना के तट पर स्थित है। यह नगरी अपने विशाल एवं भव्य मंदिरों के कारण पूज्नीय है। यहीं पर भगवान कृष्ण का जन्म हुआ था। दिल्ली से इसकी दूरी महज 150 किलोमीटर के आसपास है। यहाँ के पेड़े तो जग प्रसिद्ध है।

मथुरा नगरी अपने शानदार, विशाल एवं भव्य मंदिरों के लिए जानी जाती है। इन्ही मंदिरों के दर्शन करने के लिए ही तो हम इतनी दूर से निकल पड़े थे। दूसरे दिन सबसे पहले हमने नहा-धोकर कृष्ण की जन्मभूमि, जोकि रेलवे स्टेशन से लगभग एक किलोमीटर की दूरी पर स्थित थी, उसका दर्शन किया। यहीं पर हमने प्रसाद के रूप में छोला-पूड़ी भी ग्रहण की। शाही मस्जिद जो कृष्ण जन्मभूमि से सटी हुई है, कुछ लोग तो इसे ही कृष्ण का असली जन्म स्थान मानते हैं। इसका निर्माण मुगलवंश के शासक औरंगजेब ने कराया था। इसको शाही ईदगाह के नाम से भी जाना जाता है। यह जगह आज भी विवादित है।

इसके बाद हम एक टैम्पो से द्वारकाधीश के मंदिर गये। इस मंदिर में काफी भीड़-भाड़ थी। लौटते समय टैम्पो वाले ने हमें रास्ते में बाजार के बीचो-बीच बनी हुई विशालकाय जामा मस्जिद भी दिखाई। इसके बाद हमने टैम्पो वाले से मथुरा के राजकीय संग्रहालय चलने के लिए कहा। जब हम संग्रहालय पहुँचे तो पता चला कि मंगलवार होने के कारण आज संग्रहालय बंद है। हम उसी टैम्पो से वापस होटल लौट आये। दोपहर के भोजन के बाद हमने एक दूसरे टैम्पो वाले से गोकुल चलने के लिए बुक किया। रूपया 500 में वह मान गया।

मथुरा शहर से गोकुल की दूरी 10 किलोमीटर है। यह एक ऐसा दिव्य स्थल है जहाँ पर भगवान कृष्ण को, कंस से छिपाकर के रखा गया था। पाँच हजार साल पुरानी इस गोकुल नगरी में जहाँ कृष्ण का बचपन बीता था। यहीं पर महान कवि रसखान की समाधि है जो एक टीले पर बनी हुई है। रसखान कृष्ण

के सच्चे भक्त थे। कहते है कि यहीं यमुना नदी के किनारे कृष्ण अपनी 5000 हजार गायों को चराते थे। उस समय तो यह पूरा क्षेत्र घनघोर जंगल रहा होगा, लेकिन अब यह क्षेत्र विकसित हो चुका है। तमाम पर्यटक गोकुलधाम आते रहते है। जिनसे यहाँ के निवासियों को बराबर आय होती रहती है। यहाँ पर आकर वास्तव में दिल को काफी सुकून मिला।

एक पण्डे के माध्यम से हम पतली-पतली गलियों से होकर हम नंद बाबा के घर पर भी गये। नंद बाबा का यह घर एक विशाल मंदिर के रूप में है। नंदबाबा श्रीकृष्ण को, कंस के अत्याचारों से बचाकर, यहीं पर छिपाकर रखते थे। यहीं पर योगमाया मंदिर है। योगमाया, जो कंस के हाथों से छिटकर बच गयी थी। ऐसी मान्यता है कि योगमाया वहाँ से निकलकर मिर्जापुर में विंध्याचल देवी के नाम से वास करने लगी थी। लौटने पर मैंने उस पंड़े को 51 रूपये का चढ़ावा चढ़ाया।

दूसरे दिन हम सबसे पहले दिन के 10 बजे राजकीय संग्रहालय पहुँच गये। मथुरा का यह संग्रहालय पुरातात्विक वस्तुओं खासकर मूर्तिकला के लिए जाना जाता है। इस संग्रहालय में आपको कुषाण कालीन, बौद्ध एवं जैन कालीन मूर्तियाँ देखने को मिलेंगी। गान्धार कला के ही समान मथुरा कला का भी स्वर्णयुग कुषाण काल में था। गिरधरपुर ग्राम यहाँ पर स्थित है, जहाँ से एक लघु प्रस्तर स्तम्भ लेख प्राप्त हुआ। इस अभिलेख में कुषाण नरेश हुविष्क के शासनकाल का उल्लेख है। कुषाणों ने इसको अपनी उप-राजधानी बनाया था। यह नागवंशीय राजाओं का भी केन्द्र था। कंकाली टीला की खुदाई से ज्ञात होता है कि जैन धर्मानुयायियों का भी यह एक केन्द्र था। यहाँ से बड़ी मात्रा में जैन मूतियाँ खुदायी में मिली हैं। कंकाली टीले से प्राप्त तीर्थकरों की प्रतिमाएं चार प्रकार की मुद्राओं में हैं-

1. खड़ी हुई कामोत्सर्ग मुद्रा में,
2. खड़ी हुई सर्वतोभद्रिका मुद्रा (चारों ओर से देखने वाली)
3. पद्यासनासीन
4. बैठी हुई सर्वतोभद्रिका मुद्रा।

खड़ी हुई तीर्थंकर प्रतिमाएं नग्न अवस्था में हैं। कुछ मूर्तियों के पृष्ठ भाग में शक सम्वत् के 5 वें वर्ष से 90 वें वर्ष तक की तिथियाँ उत्कीर्ण है तथा कुछ में कनिष्क, हुविष्क और वासुदेव का नाम भी खुदा है। यहाँ पर बौद्ध धर्म के भी कई स्तूप बने थे। महायान धर्म की बुद्ध मूर्ति पहले यहीं से बनना प्रारम्भ हुई थी। मृण्य मूर्तियाँ भी यहाँ पर बड़ी संख्या में प्राप्त हुई हैं। यहाँ के संग्रहालय में शुंगकालीन कलाकृतियों के नमूने देखे जा सकते हैं, जोकि बड़ी संख्या में वहाँ पर रखे गये हैं।

धार्मिक दृष्टि से मथुरा, जैन, बौद्ध और ब्राह्म्ण तीनों धर्मों का तीर्थ स्थान था। जैन तीर्थकर सुपार्श्वनाथ एवं नेमिनाथ का सम्बन्ध मथुरा से था। हीनयान और महायान का प्रमुख केन्द्र होने से बौद्धों के लिए भी इसका आकर्षण था। मथुरा में निर्मित बुद्ध की खड़ी मूर्तियों में से प्राचीनतम मूर्ति इस समय सारनाथ के संग्रहालय में रखी हुई है। इसमें शाक्य मुनि सीधे खड़े हैं, उनका दाहिना हाथ अभय मुद्रा में है, तथा बाँया हाथ धोती को संभाले हुए कमर पर स्थित है, कमर से ऊपर का भाग निवस्त्र है।

मथुरा में अनेकों हिन्दू देवी और देवताओं कीमूर्तियाँ भी पाई गई हैं। इन मूर्तियों में बह्मा की मूर्ति, विष्णु की मूर्ति, शिव, सूर्य, बलराम, कार्तिकेय, गणेश, इन्द्र, लक्ष्मी, दुर्गा, सप्तमातृका, यक्ष मूतियाँ आदि प्रमुख हैं। मथुरा से 8 मील उत्तर में माट गाँव में टोकरी टीला पर स्थित देवकुल से कुषाण सम्राटों की मूर्तियाँ भी प्राप्त हुईं हैं। इन मूर्तियों में विम केड़फिस, कनिष्क और चष्टन की मूर्तियाँ विशेष रूप से उल्लेखनिय हैं। देवकुल से प्राप्त यह सभी मूर्तियाँ मथुरा के शिल्पियों की उन्नत कला की परिचायक है। यह मथुरा के शिल्पकारों के हृदय की विशालता ही कही जायेगी कि उन्होंने विदेशी प्रभाव को उन्मुक्त भाव से स्वीकार किया और उन्हें आकार दिया। प्राचीन इतिहास पुरातत्व एवं संस्कृति विषय से लगाव के कारण ही मुझे मथुरा का यह संग्रहालय काफी अच्छा तथा ज्ञानवर्धक लगा।

यहीं से हमने टैम्पो लेकर उसे गीता मंदिर चलने को कहा। यह मंदिर मथुरा-वृन्दावन मार्ग पर ही स्थित है। जिसका निर्माण उस समय के प्रसिद्ध उद्योगपति श्री घनश्याम दास बिड़ला ने कराया था। इसी कारण से इसका एक

नाम बिड़ला मंदिर भी है। इस मंदिर के निर्माण में लाल तथा सफेद पत्थरों का प्रयोग किया गया है। यहाँ से हम टैम्पो पकड़कर वृंदावन गये। वृंदावन मुझे मथुरा से ज्यादा अच्छा लगा। हालाँकि इसकी दूरी मथुरा से लगभग 15 किमी. ही है। वृन्दावन मंदिरों तथा घाटों की नगरी है। यहाँ पर अनगिनत मंदिर हैं। इसका सबसे प्रसिद्ध मंदिर बांके बिहारी मंदिर है। जब हम मंदिर पर पहुँचे तो मंदिर में आपार भीड़ थी। बड़ी मुश्किल से ही हमें बांके बिहारी जी के दर्शन मिल पाये। विश्राम घाट की भी हमने सैर की। कहा जाता है कि अपने मामा कंस को मारने के बाद कृष्ण ने यहीं पर विश्राम किया था।

इसके बाद हम रंग मंदिर गये। रंग मंदिर को वृन्दावन का सबसे विशाल एवं भव्य मंदिर कहा जा सकता है। इसकी शैली दक्षिण भारतीय है। यह मंदिर लाल पत्थरों से बना है। इस मंदिर के सामने ही स्थित है गोविंद जी का मंदिर। इस मंदिर का निर्माण राजा मानसिंह ने करवाया था। प्रेम मंदिर भी वृन्दावन में ही स्थित है। इस मन्दिर के निर्माण में 11 वर्ष का समय और लगभग सौ करोड़ रूपये की धनराशि लगी है। इसमें इटैलियन संगमरमर का प्रयोग किया गया है और इसे राजस्थान और उत्तर प्रदेश के एक हजार शिल्पकारों ने तैयार किया है। यह मन्दिर प्राचीन भारतीय शिल्पकला के पुनजार्गरण का एक नायाब नमूना है। सम्पूर्ण मन्दिर 54 एकड़ में बना है तथा इसकी ऊँचाई 125 फुट लम्बाई 122 फुट तथा चौड़ाई 115 फुट है। यह मंदिर वास्तुकला के माध्यम से दिव्य प्रेम को साकार करता हुआ प्रतीत होता है। इस मंदिर के द्वार सभी दिशाओं में खुलते हैं। इसके मुख्य प्रवेश द्वारों पर आठ मयूरों के नक्काशीदार तोरण है तथा पूरे मंदिर की बाहरी दीवारों पर राधा-कृष्ण की लीलाओं को उकेरा गया है।

मंदिर में कुल 94 स्तम्भ हैं जो राधा-कृष्ण की विभिन्न लीलाओं से सजाये गये है। अधिकांश स्तम्भों पर गोपियों की मूर्तियाँ अंकित है, जोकि एकदम से सजीव प्रतीत होती हैं। संगमरमर की शिलाओं पर राधा-गोविन्द गीत सरल भाषा में लिखे गये हैं। राधा के गाँव बरसाने जाने की इच्छा थी, लेकिन आस्था पर शारीरिक थकान हावी हो गयी थी। शाम हो गयी थी। हम अपने गेस्ट हाउस लौट आये।

दूसरे दिन हमको आगरा वापस लौटना था क्योंकि हमारी ट्रेन का रिजर्वेशन वहीं से था। रात अच्छी नींद आई। सुबह हमने चाय पी कर होटल को छोड़ दिया। हम बस अड्डे पर आ गये जोकि इस गेस्ट हाउस से नजदीक ही था। तमाम बस आगरा जाने के लिए लगी थीं लेकिन इस बार मैंने काफी निरीक्षण करके जो बस देखने में मुझे ठीक-ठाक लगी उसी में हम बैठे। दोपहर तक हम आगरा पहुँच गये। यहाँ से हमने आगरे का मशहूर पक्षी पेठा खरीदा।

ताजमहल का एक प्रतिरूप भी खरीदा, समय हमारे पास काफी था, हमारी ट्रेन शाम को थी। समान कुछ ज्यादा हो जाने पर मुझे यहाँ से एक बैग भी खरीदना पड़ा। उस बैग को हमने आदित्य को दे दिया। इसमें पहिये लगे हुए थे इसलिए वह इसे आराम से खींच रहा था। चलते-चलते मेरा जूता भी खराब हो गया था। मैंने नया जूता न लेकर के उसी को ठीक करवा लिया।

यहाँ पर चमड़े का भी काफी काम होता है। यहाँ के बने हुए जूते-चप्पल तमाम शहरों में बिकने के लिए जाते है। स्टेशन के ही सामने हमने भोजन किया तब तक हमारी ट्रेन के भी आने की उद्घोषणा होने लगी। जल्दी से हम स्टेशन के अन्दर आये, तब तक ट्रेन भी स्टेशन पर आकर रुक गयी थी। हमने ट्रेन में अपनी जगह ले ली। ट्रेन अब चलने लगी तथा आगरा शहर पीछे होने लगा। बाय आगरा, फिर कभी किसी नये सफर में मुलाकात होगी। ट्रेन अपनी पूरी रफ्तार पकड़ चुकी थी। हम अपनी सीटों पर आराम से लेट गये।

सूर्योदय का शहर बनारस एवं इलाहाबाद

दिनाँक 17/12/2000 को मैं बनारस पहुँचा। बलिया में घर होने की वजह से बनारस आना जाना लगा ही रहता था। बलिया से बनारस की दूरी लगभग 150 किलोमीटर थी। वैसे मैं, सन् 1999-2000 तक बनारस में ही, मैदागीन के पास, पूरा एक वर्ष कमरा किराये पर लेकर रहा हूँ। कारण यह भी था कि उस समय मैं हरिशचन्द्र पी0जी0 कॉलेज से बी0एड0 कर रहा था। कोई परीक्षा अगर होती थी तो भी हम उसका सेन्टर बनारस ही लेते थे। किसी को डॉक्टर के यहाँ अगर दिखाना हो तो भी बनारस ही आना पड़ता था। यहाँ तक की पुणे जाने के लिए ट्रेन पकड़ने के लिए भी एक दिन पूर्व ही बनारस आना पड़ता था। कारण यह था कि पुणे जाने वाली ट्रेन ज्ञानगंगा एक्सप्रेस यहाँ से सुबह 4 बजे के आस-पास खुल जाती थी। मुझे अच्छी तरह से याद है कि एक बार पुणे जाने के लिए रात वाली ट्रेन पकड़ कर बनारस आना पड़ा था और रात बिताने के लिए रेलवे स्टेशन के पास ही स्थित होटल मानसरोवर में रुकना पडा था। दो लोगों का रूम रेंट पड़ा था रूपया 300। ट्रेन लेट होने की वजह से मैंने रूम सुबह के साढ़े छः बजे खाली किया था। एक बार तो रेलवे स्टेशन के गेस्ट रूम में ही रात बितानी पड़ी थी। वैसे अब यह ट्रेन बलिया होकर के चलने लगी है। इस बार की यात्रा सम्भवतः किसी परीक्षा को लेकर थी। बलिया से रात वाली ट्रेन पकड़ कर मैं बनारस रात के 11 बजे पहुँचा।

स्टेशन के सामने स्थित रेस्टोरेंट से रात का खाना खाने के उपरांत मैं इंगलिशिया लाइन पर स्थित श्रीराम लाज पर रूम लेने के लिए पहुँचा। वैसे बनारस में होटलों की कोई कमी नहीं है मगर आने-जाने वालों की भी कोई कमी यहाँ पर नहीं है। आखिर चार-चार विश्वविद्यालय यहाँ पर, वैसे ही थोड़ी न चल रहे है। खैर उस लाज में रूम मिल गया 150 रूपये में, कोई बात नहीं, रात ही तो बितानी है। आखिर रात के 12 बजे और कहाँ रूम खोजा जाता, जो अच्छे होटल है उनका रेट भी तो ज्यादा रहता है। अक्सर इसी तरह की भागम-भाग में

हमको बनारस अच्छी तरह से घूमने को नहीं मिल पाता था या यो कहें कि बनारस है ही इतना लाजवाब की इसको एक बार में घूमा ही नहीं जा सकता है।

सन् 2001 तारीख 16 अक्टूबर को हम एक बार फिर लखनऊ में पी0जी0आई0 में एडमिट अपने एक रिश्तेदार को देखकर बरेली सुपरफास्ट एक्सप्रेस से बनारस पहुँचे । इस बार मैं, लंका के पास स्थित एक होटल स्वंयम्बर वाटिका में रुका। उसमें रूम का रेंट 150 रूपया था, जोकि स्टेशन के पास के होटलों की तुलना में काफी कम था। यहाँ से आपको हर तरफ जाने के लिए टेम्पो भी असानी के साथ मिल जाते हैं। हमने रामनगर का किला देखने की सोची, रामनगर गंगा नदी के उस पार है।

वाराणसी से दक्षिण की तरफ गंगा नदी के दाहिने किनारे पर रामनगर का किला स्थित है। यह किला कई सौ वर्षों से गंगा की शोभा में वृद्धि कर रहा है। इसकी छटा अपूर्व है। किले के अन्दर प्राचीन जमाने की बहुत सी चीजें देखने के लिए रखी हुई हैं। काशी के राजा का दरबार हॉल अब शाही संग्रहालय में बदल चुका है। काशी नरेश के पूवर्ज आज भी इसी किले में रहते हैं। एक पीपा के पुल से होते हुए हमारा टेम्पो रामनगर के क्षेत्र में दाखिल हुआ। रामनगर के किले में हम दाखिल हुए। बनारस के राजाओं के द्वारा बनवाया हुआ यह किला अब भी काफी अच्छी स्थिति में है। इसी किले के अन्दर ही महाराजा बनारस विद्या मंदिर ट्रस्ट के द्वारा संचालित एक म्यूजियम भी है। 5 रूपये की टिकट लेकर हमने उस म्यूजियम को भी देखा। जिसमें बनारस के राजाओं के कपड़े, बर्तन उनके अस्त्र-शस्त्र तथा उस समय होने वाली रामलीला के सामान आदि रखे हुए थे। इस म्यूजियम का नाम महाराजा ईश्वरी प्रसाद नारायण सिंह कला मंदिर रखा गया है।

बनारस में अपनी बी0एड0 की पढ़ाई के दौरान ही मैंने यहाँ के मंदिरों, घाटों एवं कुण्डों की पूरी सूची बना ली थी। आज वह सूची आपके सामने प्रस्तुत कर रहा हूँ, लेकिन उससे पहले आपको इस खूबसूरत शहर के बारे में कुछ बता देना चाहता हूँ; जहाँ प्राचीन मंदिरों, घाटों व किलों की अपनी अलग दास्तान है। बनारस के इस सौन्दर्य को समझने के लिए काफी वक्त देना पड़ता है। मैंने समय-समय पर इस लाजवाब शहर को अपना कीमती समय दिया है।

सुबह-ए-बनारस का कोई जवाब नहीं है। यह सबसे पवित्र शहर माना जाता है। धर्मपरायण हिन्दू इसे 'काशी' के नाम से सम्बोधित करते हैं। जिसका शाब्दिक अर्थ 'प्रकाश का शहर' होता है। प्रत्येक हिन्दू की यह अभिलाषा होती है कि वह अपने जीवन में एक बार काशी में जाकर गंगा स्नान कर बाबा विश्वनाथ का दर्शन करे। यहाँ तक कि मरणोपरान्त भी लोग काशी में ही अपना अन्तिम दाह-संस्कार करवाने की बात सोचते हैं। महाभारत में दिवोदास का उल्लेख वाराणसी के संस्थापक के रूप में मिलता है। अस्सक जातक में गोदावरी तट पर स्थित पोतलि को काशी राज्य की नगरी स्वीकार किया गया है। गुत्तिल जातक के अनुसार यह बारह योजन विस्तृत थी। जैन ग्रन्थों के अनुसार काशी नरेश अश्वसेन तीर्थकर पार्श्वनाथ के पिता थे। काशी पर अपना प्रभुत्व स्थापित करने वाले शासकों में पाण्डु, भीमसेन एवं सहदेव आदि प्रमुख थे। बाबेरू जातक में वर्णन मिलता है कि बनारस के राजा ब्रह्मादत्त के शासनकाल में कुछ व्यापारी व्यापार करने के लिए बेबिलोन गये तो अपने साथ कौवे भी ले गये। कौवे को उन्होंने वहाँ पर 100 मुद्राओं में बेचा था।

काशी उत्तर प्रदेश के पूर्वांचल का एक मुख्य सांस्कृतिक केन्द्र है। सप्तपुरियों में काशी का स्थान प्रथम माना जाता है। काशी या वाराणसी शिव की प्रिय नगरी है जो लोक-परम्परा के अनुसार भगवान शिव के त्रिशूल पर स्थित है। यहाँ पर आपको जगह-जगह शिव मन्दिर देखने को मिल जायेंगे। इसीलिए ऐसा कहा जाता है कि काशी के कण-कण में शिव-शंकर हैं। भगवान शिव को कैलास के अतिरिक्त अन्य कोई स्थान अगर प्रिय है तो वह काशी ही है।

बाबा विश्वनाथ का विश्व प्रसिद्ध मन्दिर जोकि एक ज्योतिलिंग है, यहीं पर स्थित है। वास्तविक काशी विश्वनाथ मंदिर कई सदी पूर्व काशी के राजा शिवोदास ने बनवाया था। परन्तु 17 वीं शताब्दी में उसे मुगल शासक औरंगजेब ने तुड़वा दिया और ज्ञानवापी मस्जिद का निर्माण कराया। ज्ञानवापी मस्जिद प्राचीन भारतीय मंदिरों की स्थापत्यकला के दुर्लभ उदाहरणों में से एक है। वर्ततमान विश्वनाथ मंदिर ज्ञानवापी मस्जिद के बगल में है और इसे इंदौर की महारानी अहिल्याबाई ने सन् 1776 ई. में बनवाया था। महाराजा रणजीत सिंह ने बहुत सा सोना मंदिर के गुंबद पर चढ़वाया था। इसका शिखर 22.5 मन सोने

से निर्मित हैं। यह मंदिर दक्षिण भारतीय शैली की वास्तुकला का प्रतिनिधित्व करता है। इस मंदिर की नक्काशी और मीनारें मुगल शैली की प्रतीक हैं। अन्नपूर्णा मंदिर विश्वनाथ मंदिर से थोड़ा पहले पड़ जाता है। माँ अन्नपूर्णा की एक स्वर्णमयी मूर्ति उपर भी है। इसमें त्रिपुरारी जी माँ अन्नपूर्णा से भिक्षा माँग रहे है। कहते है कि माँ अन्नपूर्णा के दरबार में कोई भी व्यक्ति भूखा नहीं सोता।

वरुणा और असी नदियों के कारण इस जगह का नाम वाराणसी पड़ा। गंगा और वरुणा नदी का आस्तित्व तो आज है, लेकिन असी नदी का स्वरूप आज केवल एक नाले के रूप में ही रह गया है। पुराण के अनुसार गंगा के तट पर निवास करते हुए मोक्ष को प्राप्त किया जा सकता है। एक अंजुलि गंगाजल के पान से अश्वमेध यज्ञ का फल प्राप्त होता है। तीन रात गंगा के तट पर निवास करने से नरक यंत्रणा से छुटकारा मिलता है। इसीलिए देश के कोने-कोने से हजारों लोग देहोत्सर्ग के लिए काशी नगरी में आते हैं। उनमें से तो बहुत से लोग केवल मरने के लिए ही काशी में निवास करते हैं।

यह नगरी धर्म, कला एवं ज्ञान का एक विचित्र संगम लिए हुए है। इस पवित्र नगर की यात्रा विभिन्न कालों में भिन्न-भिन्न विदेशियों ने की थी। चीनी यात्री फाह्यान, हवेनसांग, अलबरुनी एवं औरंगजेब के काल में फ्रान्सीसी यात्री बर्नियर और टेर्नियर आदि ने इस प्राचीन नगर की यात्रा की तथा अपने यात्रा वृत्तान्तों में इस नगर का वर्णन किया है। हवेनसांग लिखता है 'नगर में देव मंदिर सौ के ऊपर थे और इनके धर्मों के अनुयायियों की संख्या दस हजार से ऊपर थी। इसमें अधिकतर शैव थे, इनमें से कुछ अपने बाल कटवाते थे और कुछ भस्म लगाते थे। हवेनसांग आगे लिखता है कि "इस देव मंदिर में 100 फुट ऊँचे शिवलिंग की पूजा होती थी।"

टेर्नियर लिखता है कि "हिन्दुओं को गंगाजल पान करने का बड़ा ही शौक था। उनका यह विश्वास था कि इसके पीते ही उनके सारे पाप कट जायेंगे।"

वाराणसी शिक्षा का भी प्रमुख केन्द्र रहा है। संस्कृत भाषा के अध्ययन का यह एक प्रमुख केन्द्र रहा है। यहाँ पर संस्कृत शिक्षा की परम्परा को कन्नड़ तथा महाराष्ट्र के पण्डितों ने ही जीवित रखा था। इनकी सहायता बाद में

तमिलनाडु, आन्ध्र-प्रदेश, बंगाल एवं बिहार से आये हुए ब्रहाम्णों ने की। संस्कृत विश्वविद्यालय में रामानन्द, कबीर एवं तुलसीदास की लगभग 150,000 दुर्लभ पाण्डुलिपियाँ रखी हुई हैं। यहाँ पर न केवल उच्च शिक्षा का प्रचार हुआ, बल्कि इस नगर ने विश्व प्रसिद्ध संगीतकारों, कलाकारों को भी जन्म दिया। गुप्त काल में बनारस बहुत ही समृद्धशाली नगर था। पहले दूर-दूर से लोग यहाँ पर ज्ञान प्राप्त करने के लिए आते थे। दक्षिण भारत के कन्नड़, तेलगू, तमिल, मलयालम तथा मराठी भाषी अनेक विद्वान सोलहवीं सदी में काशी की तरफ विशेषरूप से आकर्षित हुए। इन सब के अतिरिक्त मिथिला एवं बंगाल के कुलीन ब्राहम्ण परिवार काशी में बड़ी संख्या में आये। आज भी यहाँ पर चार विश्वविद्यालय स्थित हैं।

रामानंद के प्रिय शिष्य कबीर का जन्म यहीं पर हुआ था। इसके अलावा इस माटी में भारतेन्दु हरिश्चन्द, जयशंकर प्रसाद, प्रेमचन्द्र, डॉ. सम्पूर्णा नन्द, उस्ताद बिस्मिला खाँ, शास्त्री जी पैदा हुए। काशी का इतिहास बहुत ही रोचक है।

काशी का राजा अश्वसेन था। पार्श्वनाथ उन्हीं का बेटा था। उसने जनता के कल्याण के लिए चोरी, झूठ, हिंसा और धन के विरुद्ध अपना प्रचार कार्य शुरु किया। उसी के विचारों का प्रचार एवं प्रसार करके महावीर ने जैन धर्म की नींव डाली। पार्श्वनाथ का जन्म महावीर स्वामी से 250 वर्ष पले 850 ई.पू. में काशी के इक्ष्वाकुवंशी शासक अश्वसेन के यहाँ हुआ था। उनकी माता का नाम वामा था। 30 वर्ष की आयु के बाद उन्होंने सन्यास ग्रहण करके 'सम्मेय' पर्वत पर कठिन तपस्या के उपरान्त 84 वें दिन 'केवलज्ञान' प्राप्त किया। उनके निर्देशों पर चलने वाले उनके अनुयायी "निग्रंथ" कहे जाते थे। उनके अनुयायियों में स्त्री-पुरूष दोनों थे। इनका विवाह कुरूस्थल देश की राजकुमारी प्रभावती से हुआ था। जैन ग्रन्थों में उन्हें "पुरिसादानीय" (महापुरूष) तथा जिन (विजेता) कहा गया है।

काशी के राजा महाकोशल ने अपनी पुत्री कोसला देवी का विवाह मगध नरेश बिम्बिसार के साथ किया था। इस विवाह में उसने काशी ग्राम को दहेज स्वरूप उसे दे दिया था। बिम्बिसार का प्रिय किंतु महत्तवाकांक्षी पुत्र अजातशत्रु

था। अपने पिता को कैद करके जब अजातशत्रु मगध के सिंहासन पर बैठा तब अपनी बहन कोसला देवी के दुःख को देख कर उसके भाई तथा कोशल के राजा प्रसेनजीत ने, काशी का वह ग्राम जोकि उसने दहेज में दिया था, पुनः वापस ले लिया। इससे मगध तथा कोशल में युद्ध छिड़ गया। इस युद्ध में कभी कोशल की विजय होती तो कभी मगध की। अन्त में अन्तिम विजय मगध की हुई। प्रसेनजित ने अपनी पुत्री 'वाजिरा' का विवाह अजातशत्रु के साथ कर दिया। फलस्वरूप काशी का वह हिस्सा सदा के लिए मगध के राज्य से मिल गया। अजातशत्रु ने काशी में ही गागर्य नामक विद्वान को दर्शन की समस्या पर हुई बहस में हरा दिया था।

कुषाण वंश के शासक कनिष्क का भी अधिकार इस नगरी पर था। कुषाणो से मुक्ति इसको पद्मावती के भारशिव नागों ने दिलवाई। नाग क्षत्रिय शिव के पुजारी थे और अपनी पीठ पर वे शिवलिंग धारण करते थे। इसी कारण से वे 'भारशिव नाग' कहलाते थे। उन्होंने काशी की गंगा-तट पर दस बार अश्वमेघ यज्ञ किया था। जिससे इसके एक घाट का नाम ही दशाश्वमेघ घाट पड़ गया। दशाश्वमेघ घाट की कथा स्कन्ध पुराण से भी जुड़ी हुई है। यहाँ पर ब्रह्मा जी ने आकर निवास किया था। इस घाट का सम्वर्धन बाजीराव एवं अहिल्याबाई होलकर ने 1740 ई. एवं 1775 ई. में किया था।

शंकराचार्य और मण्डन मिश्र का प्रसिद्ध शास्त्रार्थ यहीं पर हुआ था। ग्रहण के समय दशाश्वामेघ घाट पर स्नान करना बहुत ही पुण्य का कार्य माना जाता है। गहड़वालो ने काशी को अपनी दूसरी राजधानी बनाया था। देश भर के अनेक राजा-महाराजाओं ने अपने पारिवारिक सदस्यों के अंतिम संस्कार के लिए यहाँ पर कईयों घाट बनवाएं थे। तुलसीदास ने अपनी पुस्तक 'राम चरित मानस' काशी के अस्सी घाट पर लिखी थी। काशी में उस समय कुल मिलाकर 80 घाट थे। इसी कारण से इसके एक घाट का नाम अस्सी घाट पड़ा। अन्य घाटो में; केदार घाट, ब्रहा-घाट, श्मशानघाट, पंचगंगा घाट, तुलसी घाट, दुर्गा घाट, बाला घाट, गाय- घाट, मुंशी घाट, मर्णिकर्णिका घाट, मान मंदिर घाट, मीर घाट, मढ़िया घाट, मोती घाट, राज घाट, राम घाट, भोंसला घाट, सिन्धिया

घाट, अहिल्याबाई घाट, केदार- घाट, हनुमान घाट, लाल घाट, ललिता घाट, त्रिलोचन घाट, त्रिपुरा भैरवी घाट, प्रहलाद घाट एवं हरिशचन्द घाट प्रमुख हैं।

इनमें हरिशचन्द घाट तथा मर्णिकर्णिका घाट सबसे प्रसिद्ध है, जोकि महाश्मशान हैं। चतुर्थ शताब्दी में गुप्त काल के इतिहास में मणिकर्णिका घाट का उल्लेख आता हैं। यह वहीं स्थान है, जहाँ पर भगवान शिव ने विष्णु से शपथ ली थी कि जिस मृत शरीर का अन्तिम दाह संस्कार यहाँ पर होगा, वह स्वर्गलोक का अधिकारी होगा। अतः यहाँ पर दूर-दूर से मृत शरीर अन्तिम दाह-संस्कार के लिए लाये जाते हैं। सती का कुण्डल यहीं पर गिरा था। जिसके कारण इसका नाम मणिकर्णिका पड़ गया। सन् 1302 ई. में इस घाट को पक्का बनवाया गया था। नारायण दीक्षित ने जो पेशवा के गुरु थे ने 1740 ई. में हरिश्चन्द्र घाट को पक्का बनवा दिया था। प्राचीन गाथाओं के अनुसार महर्षि विश्वामित्र को अपना सब कुछ दान कर देने के पश्चात् महाराज हरिश्चन्द्र यहीं पर बिके थे।

तुलसी घाट गोस्वामी तुलसीदास जी के कारण प्रसिद्ध है। आज भी वहाँ पर एक कमरे में तुलसीदास जी का एक खड़ाऊँ और एक नौका रखी हैं, जिसका वह उपयोग करते थे।

पंचगंगा घाट का निर्माण आमेर के राजा मानसिंह के द्वारा किया गया था। यहाँ का माधवराज का धरहरा काफी ऊँचा है। एक समय माधवराज के धरहरे पर खड़े होकर पूरे काशी का अवलोकन किया जाता था। वर्तमान समय में पुरातत्व विभाग इसकी देखभाल करता है। इसकी दोनों वुजियाँ खण्डित हैं। काफी दिनों से इसकी मरम्मत न होने से यह बहुत ही जीर्ण-शीर्ण अवस्था में हो गया है। किंवदन्तियों के अनुसार प्राचीनकाल में इसी घाट पर पण्डित जगन्नाथ राय अपनी यवन पत्नी के साथ गंगा की गोद में समा गये थे। त्रिपुरा भैरवी घाट तो दक्षिण भारतीय लोगों का निवास स्थल है। हजारों की संख्या में यात्री तमिलनाडु, आन्ध्र प्रदेश और कर्नाटक आदि शहरों से यहाँ पर आते हैं। काशी का प्रत्येक घाट भारत के किसी न किसी राज्य का प्रतिनिधित्व करता है। इस समय में इन घाटों की संख्या बहुत कम हो गई है।

काशी को कुंड और सरोवरो की नगरी के रूप में भी मान्यता प्राप्त है। यहाँ सभी शुभ कार्य कुण्डों और सरोवरो से ही आरम्भ होते हैं। इसके पश्चात ही लोग गंगा जी जाते हैं। ऐसा माना जाता हैं कि गंगा अवतरण से पूर्व ही कुण्डों का अस्तित्व यहाँ पर था। काशी के कई कुण्डों और सरोवरो के नाम पर तो पूरा मोहल्ला ही बसा है। इन कुण्डों के एक तरफ भगवान शंकर, हनुमान, ब्रह्मा आदि देवताओं के मन्दिर भी स्थित हैं; जहाँ रोजाना पूजा-अर्चना होती है। काशी के प्रमुख कुण्डों में निम्न का नाम हैं-

1. पितृकुण्ड 2. पिशाचमोचन कुण्ड 3. पुष्कर तालाब 4. राम कटोरा कुण्ड 5. दुर्गा कुण्ड 6. कर्ण घंटा तालाब 7. ईश्वरी गंगी कुण्ड 8. लोलार्क कुंड 9. विष्णु गया कुण्ड 10. क्रीकुण्ड 11. विमल कुण्ड 12. राम कुण्ड 13. लक्ष्मीकुण्ड 14. बकरियाकुण्ड इत्यादि।

वास्तव में प्राचीन काल में काशी महाजनपद की नगर संरचना ही कुछ इस प्रकार से की गई थी कि यहाँ पर भू-जल का स्तर हमेशा बना रहता था। इसके लिए काशी में अनेकों तडाग, कुण्ड तथा कूओं का निर्माण किया गया था। जिनका उल्लेख यहाँ से प्राप्त अनेक अभिलेखों में भी मिलता है। इनकी संख्या हजारों में थी। इन कुण्डों एवं तडागों में वर्ष पर्यन्त जल भरा रहता था। ये कुण्ड और तडाग बाढ़ से भी नगर की रक्षा करते थे।

काशी, जैसा की पहले ही जिक्र कर दिया है कि एक शैव नगरी थी। काफी संख्या में शिव के मंदिर यहाँ पर थे। इनमें से कुछ मंदिरों का उल्लेख यहाँ पर किया जा रहा है। काशी के प्रमुख शिव मंदिर इस प्रकार से है-

1. काशी हिन्दू विश्वविद्यालय का शिव मंदिर
2. विश्वेश्वर (विश्वनाथ मंदिर)
3. वीरेश्वर (सिंधिया घाट के उपर)
4. विश्कर्मेश्वर (गोलगड्ढा)
5. वृषभश्वजेश्वर (कपिलधारा)
6. व्याघ्रेश्वर (भूतभैरव के समीप)
7. वृषेश्वर (गोरखनाथ का टीला, मैंदागिन)

8. वृद्धकालेश्वर (महामृत्युंजय परिसर)
9. बैजनत्था का शिवमंदिर
10. ब्रहोश्वर (खालिसपुरा, बंगाली टोला)
11. धर्मेश्वर (मीरघाट, धर्मकूप)
12. ओंकारेश्वर (पठानी टोला)
13. आदिमहादेव (त्रिलोचन महादेव के पीछे)
14. अविमुक्तेश्वर
15. अमृतेश्वर (नीलकंठ)
16. त्रिलोचनेश्वर
17. कृतिवासेश्वर (हरतीरथ)
18. केदारेश्वर (केदारनाथ)
19. कामेश्वर (त्रिलोचन के उत्तर)
20. करुणेश्वर (ललिताघाट के उपर)
21. रत्नेश्वर (वृद्धकाल)
22. चन्देश्वर (सिद्धेश्वरी)
23. मणिकर्णिकेश्वर (गोमठ आश्रम)
24. मोक्षद्वारेश्वर (करुणेश्वर के समीप)
25. महेश्वर (मणिकर्णिका कुण्ड के पूर्व तट पर मढ़ी में)
26. मध्यमेश्वर (दारा नगर)
27. महामृत्युंजय मंदिर (मध्यमेश्वर)
28. नया विश्वनाथ मंदिर (मीरघाट)
29. निवासेश्वर (काशीपुरा, भूतभैरो के पास)
30. नन्दिकेश्वर (ज्ञानवापी पर लुप्तप्राय)
31. तारकेश्वर (ज्ञानवापी के पूर्व गौरीशंकर मढ़ी के नीचे)
32. ज्ञानेश्वर (लाहौरी टोला)
33. स्वर्गद्वारेश्वर (ब्रहानाल)
34. संगमेश्वर (आदिकेशव, वरुणा में)
35. स्वलीनेश्वर (नया महादेव, प्रह्लादघाट)

36. शैलेश्वर (मढ़िया घाट, शैलपुत्री)
37. शुक्रेश्वर (कालिका गली)
38. लंगलीश्वर (खोआ बाजार)
39. चंडीश्वर (इमिलिया घाट, वरुना के किनारे)
40. ज्योतिरुपेश्वर (गोमठ)
41. जम्बुकेश्वर (बड़ा गणेश)
42. ज्येष्ठेश्वर (काशीपुरा)
43. हिरण्यगर्भेश्वर (त्रिलोचन घाट मढ़ी में)
44. ईशानेश्वर (बासफाटक)
45. गोप्रेक्षेश्वर (लालघाट)
46. उपशान्तेश्वर (पठानी टोला)
47. जंगमबाड़ी मठ का शिव मंदिर
48. पंचक्रोशी मार्ग में पड़ने वाले अनेक शिव मंदिर।

काशी शिव की नगरी मानी जाती है। काशी में शिव के साथ ही साथ उनके परिवार यथा- गणेश, पार्वती तथा कार्तिकेय की भी पूजा होती है। यहाँ पर काशी के छप्पन विनायक की सूची प्रस्तुत की जा रही है-

1. अविमुक्त विनायक (ज्ञानवापी)
2. ज्ञान विनायक (ज्ञानवापी)
3. गणनाथ विनायक (ज्ञानवापी)
4. दुर्गाविनायक (दुर्गाकुण्ड)
5. सिद्धि विनायक (मणिकर्णिकाकुण्ड)
6. मणिकर्णि विनायक (मणिकर्णिकाकुण्ड)
7. अर्क विनायक (लोलार्क कुण्ड)
8. कूटदन्त विनायक (क्रीकुण्ड)
9. कूणिताक्ष विनायक (लक्ष्मी कुण्ड)
10. खर्व विनायक (राजघाट आदिकेशव)
11. लम्बोदर विनायक (केदार घाट)

12. राजपुत्र विनायक (राजघाट किला)
13. काल विनायक (राम घाट)
14. आशा विनायक (मीर घाट)
15. सुमुख विनायक (मोती घाट)
16. मित्र विनायक (सिंधिया घाट)
17. मंगल विनायक (बाला घाट)
18. नागेश विनायक (भोंसला घाट)
19. वरद विनायक (प्रहलाद घाट)
20. पिचडिला विनायक (प्रहलाद घाट)
21. द्विमुख विनायक (दशाश्वमेघ)
22. प्रणय विनायक (त्रिलोचन घाट)
23. उद्दण्डमुण्ड विनायक (त्रिलोचन)
24. मोदकप्रिय विनायक (त्रिलोचन मंदिर)
25. गजकर्ण विनायक (कोतवाल पुरा)
26. यक्ष विनायक (कोतवाल गली)
27. सृष्टि विनायक (कालिका गली)
28. मोदक विनायक (काशी करवट)
29. ज्येष्ठ विनायक (काशीपुरा)
30. दुर्मुख विनायक (सीके 34/60)
31. प्रमोद विनायक (सीके 31/16)
32. द्वार विनायक (स्वर्गद्वारेश्वर)
33. पाशपाणि विनायक (सदर बाजार)
34. मुण्ड विनायक (सदर बाजार)
35. त्रिमुख विनायक (सिगरा टीला)
36. चित्रघण्ट विनायक (चित्रघण्ट देवी)
37. विध्नहरण विनायक (चित्रकूट तालाब)
38. गणनाथ विनायक (राजादरवाजा)
39. चक्रदन्त विनायक (नई सड़क)

40. कलिप्रिय विनायक (मनकामेश्वर)
41. स्थूल विनायक (मानमंदिर)
42. हेरम्ब विनायक (मलदहिया)
43. शालकण्ड विनायक (मडुवाडीह)
44. दन्तहस्त विनायक (लोहटिया के पास)
45. वक्रतुण्ड विनायक (लोहटिया)
46. चिन्तामणि विनायक (ईश्वगंगी)
47. प्रसाद विनायक (पितरकुण्डा)
48. पंचास्य विनायक (पिशाचमोचन)
49. एकदन्त विनायक (पीताम्बर पुरा)
50. भीमचण्ड विनायक (पंचक्रोशी)
51. सिंहकुण्ड विनायक (खालिसपुरा)
52. अभय विनायक (शूलटंकेश्वर)
53. विकटद्विज विनायक (धूपचण्डी)
54. कुण्डाण्ड विनायक (फुलवरिया)
55. देहली विनायक (भटौली)
56. उद्दण्ड विनायक (भुइली रामेश्वर)

काशी के एकादश महारुद्रो की सूची इस प्रकार से है-

1. अग्नीघेरश्वर (जागेश्वर के नाम से प्रसिद्ध) - ईश्वरंगगी
2. उर्वशीश्वर - गोलाबाग, औसानगंज
3. नकुलेश्वर - अक्षयवट हनुमान मंदिर में, शनिदेव के मंदिर के पास
4. आषाढ़ेश्वर - रानी बेतिया का शिवाला, काशीपुरा
5. भारभूतेश्वर - राजादरवाजा
6. लंगलीश्वर - खोवा बाजार
7. त्रिपुरान्तकेश्वर - सिगरा का टीला
8. मनः प्रकामेश्वर - साक्षी विनायक के पीछे

9. प्रीतिकेश्वर - साक्षी विनायक के पीछे
10. मद्रालसेश्वर - कालिका गली
11. तिलपर्णेश्वर - दुर्गाकुण्ड

काशी के अष्ट भैरव-मंदिरों की सूची इस प्रकार से है-

1. रुद्र भैरव - हनुमानघाट
2. चंडभैरव - दुर्गाजी, काली जी के मंदिर में
3. असितांग भैरव - वृद्धकाल, महामृत्युंजय
4. कपाल भैरव - अलईपुरा, लाटभैरव
5. क्रोध भैरव - बटुक भैरव में आदि भैरव
6. उन्मत भैरव - देउरागाँव में, पंचकोशी के मार्ग पर
7. संहार भैरव - पाटन दरवाजा
8. भीषण भैरव- भूत भैरव, नखास

काशी के नवदुर्गा मंदिरों की सूची निम्न है-

1. शैलपुत्री - वरुणानदी के तट पर
2. ब्रह्मचारिणी - दुर्गाघाट
3. चन्द्रघंटा - चैक
4. कूष्माण्डा - द्रुर्गा कुण्ड
5. स्कन्दमाता - जैतपुरा में वागेश्वरी देवी के नाम से प्रसिद्ध है।
6. कात्यायनी - संकठाजी के मंदिर के पीछे
7. कालरात्रि - कालिका गली
8. महागौरी - विश्वनाथ गली में यह माँ अन्नपूर्णा के नाम से जानी जाती है
9. सिद्धिदात्री - सिद्धमाता गली।

काशी के मंदिरों की सूची बहुत ही लम्बी है। कुछ अन्य मंदिरों में तुलसीदास मंदिर, संकटमोचन मंदिर तथा भारत माता मंदिर प्रमुख हैं। संकटमोचन मंदिर से बनारस हिन्दू विश्वविद्यालय के प्रवेश द्वार के बीच करीब

एक किमी0 का सड़क मार्ग लंका कहलाता है। बनारस हिन्दू विश्वविद्यालय में बिड़ला के द्वारा बनवाया गया विश्वनाथ मंदिर व भारत कला भवन बहुत ही प्रसिद्ध एवं दर्शनीय हैं। भारत कला भवन आर्ट गैलरी में कलाकृतियों का अनूठा संग्रह है।

प्राचीन विश्वनाथ मंदिर से एक कि.मी. उत्तर पूर्व की ओर काल भैरव का मंदिर है। यह मंदिर बाजीराव पेशवा के द्वारा निर्मित कराया गया है। काशी वासी इनको काशी का कोतवाल भी कहते हैं। काशी आने पर सर्व प्रथम इनका दर्शन करना अनिवार्य माना जाता है।

वाराणसी का ही एक महत्वपूर्ण भाग है, सारनाथ। दोनों स्थानों के बीच की दूरी लगभग 10 किमी0 है। सारनाथ एक ऐतिहासिक एवं धार्मिक पर्यटन-स्थल है। बौद्ध लोग इसे परम पवित्र स्थान मानते हैं। कहा जाता है कि बोधगया में बोध (ज्ञान) प्राप्त करने के बाद गौतम बुद्ध ने अपना पहला उपदेश जिसे इतिहास में 'धर्मचक्र प्रर्वतन' के नाम से भी जाना जाता है, सारनाथ में ही दिया था। सारनाथ का प्राचीन नाम मृगदाव था क्योंकि यहाँ पर मृग (हिरन) काफी संख्या में थे। बौद्ध ग्रंथों में इस स्थान का नाम ऋषिपत्तन आता है। सारे विश्व से लोग वैशाख (मई) में बुद्ध पूर्णिमा पर बुद्ध जन्मोत्सव में हिस्सा लेने के लिए आते हैं। सारनाथ का धामेख स्तूप यहाँ के प्राचीनतम स्तूपों में से एक है। इस स्तूप का निर्माण कब और किसने करवाया, यह प्रायः अज्ञात है, लेकिन इसका पुर्ननिर्माण कई बार हो चुका है। इस स्तूप की शिलाओं पर कई भाषाओं में अक्षर खुदे हुए हैं। धामेख स्तूप के ठीक सामने एक विशाल स्तभ है, जिसे अशोक स्तंभ कहा जाता है क्योंकि सम्राट अशोक ने ही इसका निर्माण कराया था। पहले यह स्तंभ 20 मीटर ऊँचा था, लेकिन अब इसका उपरी भाग सारनाथ स्थित संग्रहालय में रख दिया गया है। इस भाग पर सम्राट अशोक के द्वारा बनवाए गये चार सिंहों की एक प्रतिमा है, जिसमें इन सिंहों की पीठें आपस में जुड़ी हुई हैं। इन सिंह प्रतिमाओं के निचले भाग के मध्य में एक चक्र बना है। इसी चक्र को प्रतीक स्वरूप हमारे राष्ट्रीय झंडे के बीच में रखा गया है। भारत का राष्ट्रीय चिन्ह अशोक स्तंभ के शीर्ष की अनुकृति है।

सारनाथ के पुरातात्विक संग्रहालय में अनेक प्राचीन चीजों का संग्रह किया गया है, जिसमें से अनेक चीजें सारनाथ में ही पायी गयी हैं। सारनाथ के अन्य दर्शनीय स्थलों में चीनी मंदिर एवं तिब्बती मंदिर आदि भी प्रमुख हैं।

मूलगन्ध कुटी बिहार मंदिर सिलौन के धर्मपाल के द्वारा निर्मित किया गया हैं। इसके अन्दर भगवान बुद्ध की एक सुनहरी मूर्ति रखी हुई है। इसके अन्दर की दीवारों पर भगवान बुद्ध के जीवन चरित्र से सम्बन्धित चित्र एक जापानी चित्रकार के द्वारा बनाये गये हैं।

चैखण्डी स्तूप, सारनाथ जाते समय आकाशवाणी प्रसारण स्थल के पास है। इसके चारों तरफ घेरा बन्दी है। बीच में मिट्टी का टीला है। इसके ऊपर गुम्बदाकार चोटी स्थित है।

आज भी जब कभी भी समय मिलता है, मैं बनारस जाकर अपनी यादों को ताजा कर आता हूँ।

बनारस के ही समान इलाहाबाद में भी आना-जाना लगा रहा। कभी किसी परीक्षा के बहाने तो कभी किसी सेमिनार में भाग लेने के लिए, इलाहाबाद आना ही पड़ता था। 10-12 अक्टूबर 2014 को प्रयाग के ईश्वर शरण कॉलेज में में, एक सेमिनार में भाग लेने के लिए गया था, जोकि बौद्ध धर्म के ऊपर आयोजित किया गया था। "भारत में और उसके बाहर बौद्ध धर्म का इतिहास' विषय पर मैंने अपना शोध-पत्र यहाँ पर प्रस्तुत किया था। इसी कॉलेज के गेस्ट हाउस में दो दिनों तक रुका रहा। इसके पूर्व इलाहाबाद विश्वविद्यालय में भी प्राचीन इतिहास विभाग द्वारा आयोजित संयुक्त वार्षिक कांफ्रेंस में, 14-17 नवम्बर 2009 में, मैंने अपना शोध पत्र 'भारतीय संस्कृति में धर्म' विषय पर प्रस्तुत किया था। यहाँ के पंत हॉस्टल में दो-तीन दिन तक रुकने का मुझे सौभाग्य प्राप्त हुआ था। प्रयाग की महिमा का वर्णन प्राचीन भारतीय इतिहास में भरा पड़ा है। अपने कॉलेज के बच्चों को तो मैं रोज ही इसके बारे में बताता रहता हूँ। आज आप सब के सामने इसे प्रस्तुत करने का भी सौभाग्य मुझे प्राप्त हुआ है, तो आईये पहले इसके महात्तम के विषय में जान लें-

इलाहाबाद शहर गंगा-यमुना-सरस्वती के संगम पर स्थित है। जिसे त्रिवेणी कहते हैं। यह एक अति प्राचीन नगरी है। भारत के तीर्थ स्थानों में से यह

एक है। इस स्थल पर आर्य लोग यज्ञ किया करते थे। इसी कारण से इस स्थान का नाम प्रयाग अर्थात यज्ञ स्थान पड़ गया। राम जब अपने पिता की आज्ञा मानकर वनवास के लिए निकले थे तो प्रयाग में ही भारद्वाज आश्रम में रुके थे। यहाँ पर उन्होंने मुनि के उपदेशों को सुना था।

गुप्त काल में प्रयाग बहुत ही समृद्धिशाली नगर था। गुप्त सम्राट समुद्रगुप्त जब अपने दिग्विजय के लिए निकला था; तब नागों की सम्मिलित सेना ने प्रयाग के पास ही उसके घोड़े को रोक दिया था। समुद्रगुप्त ने उन्हें पराजित किया था तथा अपनी इस दिग्विजय का वर्णन उसने अशोक के उसी खम्भे पर खुदवाया था, जिस पर कि अशोक ने अपना धर्म-उपदेश खुदवाया था। भारशिव नागों ने भी प्रयाग को कुषाणों के चुंगल से बचाया था। पुष्यमित्र शुंग के समय में प्रयाग उसके अधिकार क्षेत्र में था। यवन शासक मैनान्डर तथा पुष्यमित्र के साथ युद्ध प्रयाग में ही हुआ था, जिसमें मैनान्डर की पराजय हुई थी।

थानेश्वर के राजा हर्ष ने प्रयाग की महिमा अपने दान-पुण्य से और बढ़ा दी थी। कुम्भ के मेले में हर्षवर्द्धन अपना सब कुछ साधु-सन्यासियों को दान कर देता था। चीनी यात्री हुएनत्सांग जोकि हर्ष के समय में भारत आया था। इस घटना का उल्लेख, अपने विवरण में किया है।

गहड़वाल राजा जयचन्द्र के समय में प्रयाग कन्नौज के अधिकार क्षेत्र में था। 1194 ई0 में मुहम्मद गोरी ने जयचन्द्र को परास्त किया था। मुहम्मद गौरी के गुलाम सेनापति कुतुबुद्दीन के द्वारा चलाया गया तीर, जयचन्द्र की आँख में लगा और वह हाथी के हौदे पर से नीचे गिर पड़ा। उसका सिर काटकर उसे भाले की नोक में फंसाकर सेनापति के सामने लाया गया और उसका धड़ घृणापूर्वक जमीन पर फेंक दिया गया। इसके पश्चात् इसका खजाना जोकि 'असनी दुर्ग' में था, मुहम्मद गौरी ने लूट लिया।

प्रयाग पहले चन्द्रवंशी राजाओं की राजधानी प्रतिष्ठान (झूसी क्षेत्र) थी। गंगा के पार इनका किला आज भी है जोकि अब एक टीले का रूप ले चुका है। अलाउद्दीन ने अपने चाचा जलालुद्दीन खिलजी को प्रयाग (कड़ा) में ही छुरा घोंप कर मारा था। कड़ा इलाहाबाद से 40 मील की दूरी पर स्थित है। कुमारिल भट्ट और शंकराचार्य दोनों ने ही यहीं पर शास्त्रार्थ किया था। हार जाने पर कुमारिल

ने यहीं पर समाधि ले ली थी। अकबर ने यहीं पर किले का भी निर्माण किया था, जो अब भी है।

अकबर के बेटे सलीम (जहाँगीर) ने इलाहाबाद में ही अपने पिता के खिलाफ विद्रोह किया था। शाहजहाँ के बड़े बेटे दारा के नाम से, दारागंज नाम का मुहल्ला बसा है। तमाम शहरों से बच्चे आकर इसी मुहल्ले में कमरा किराए पर लेकर कोचिंग करते हैं।

आज घूमते हुए अल्फ्रेड पार्क पहुँचा। अल्फ्रेड पार्क में चन्द्रशेखर आजाद और अंग्रेजों के बीच गोलीबारी हुई थी। अपने को अंग्रेजों से घिरा पाकर तथा साथ ही मात्र एक गोली शेष बचने पर, आजाद ने गिरफ्तार होने से अच्छा, मौत को गले लगाना श्रेय समझा। उन्होंने आखरी गोली अपनी कनपटी पर मार ली। उस समय अंग्रेजों के मन में आजाद का खौफ इतना था कि मरने के बाद भी कोई पास जाने को तब तक तैयार नहीं हुआ जब तक कि आजाद के मृत शरीर पर अनेकों गोलियाँ नहीं चलाई गईं। भारत भूमि पर कुर्बान होने वाले ऐसे राष्ट्र भक्त आजाद को नमन करके मैं अब आनन्द भवन आ गया।

भारत के प्रथम प्रधानमंत्री पं0 जवाहर लाल के पिता पं0 मोती लाल नेहरू, प्रयाग के उच्च न्यायालय में अधिवक्ता थे। पं0 जवाहर लाल नेहरू अपने पिता के इकलौते पुत्र थे। इन्होंने लन्दन के कैंब्रिज विश्वविद्यालय से बैरिस्टर की उपाधि प्राप्त की थी। भारत वापस लौटने पर इन्होंने प्रयाग के उच्च न्यायालय में वकालत आरम्भ की, परन्तु इस पेशे में उनका मन नहीं रमा और उन्होंने महात्मा गाँधी के साथ मिलकर देश सेवा का प्रण लिया। उनका आनन्द भवन जिसमें वे निवास करते थे, भारत भर में मशहूर है। इस भवन को उन्होंने राष्ट्र को समर्पित कर दिया है।

इलाहाबाद से लगभग 9-10 किमी0 की दूरी पर गंगा-यमुना के संगम के बाएं तट पर स्थित है झूँसी या प्राचीन प्रतिस्थानपुर। इसमें अनेक टीले विद्यमान हैं किन्तु उन सभी में समुद्रकूप का टीला सबसे अधिक ऊँचा तथा सुरक्षित अवस्था में है। प्राचीन इतिहास विभाग इलाहाबाद के बी0डी0 मिश्र, जे0 एन0 पाल तथा मानिक चन्द्र गुप्त के निर्देशन में यहाँ पर 1995 व 1999 तथा 2002 में उत्खनन का कार्य हुआ। इलाहाबाद-उन्नाव राज्यमार्ग से लगभग

3 किमी0 की दूरी पर सिंगरौर नामक ग्राम में गंगा नदी के किनारे स्थित है श्रृंगवेरपुर । इस पुरास्थल के उत्खनन का कार्य बी0बी0 लाल ने शिमला एडवांस्ड स्टडी तथा पुरातात्विक सर्वेक्षण के तत्वाधान में किया । उत्खनन से प्राप्त साक्ष्यों के आधार पर अनुमान किया जाता है कि ये लोग बाँस-बल्ली के बनाए गये घरों में रहते थे। पक्की ईटों से निर्मित एक विशाल तालाब भी मिला था। इसमें पानी आने तथा निकलने की बहुत ही सुन्दर व्यवस्था थी। तालाब में पानी एक नहर के द्वारा आता था। जब गंगा में बाढ़ आती थी तो इसमें गंगा का पानी एक नाले से आता था। इस तालाब में अन्दर सीढ़िया बनी थी, जिसके द्वारा नीचे उतरा जा सकता था।

जम्मू, हरिद्वार एवं ऋषिकेश

जम्मू, कश्मीर की शीतकालीन राजधानी कही जाती है। इसे मंदिरों की नगरी की उपाधि से भी विभूषित किया गया है। वैसे तो जम्मू में एक से बढ़कर एक मंदिर है लेकिन जम्मू का सबसे प्रसिद्ध तीर्थस्थल वैष्णों देवी का मंदिर है, जो त्रिकुटा पर्वत पर स्थित है। प्रतिवर्ष लाखों की संख्या में तीर्थयात्री यहाँ पर पहुँचते हैं। कहते हैं कि जब माता का बुलावा आता है तभी व्यक्ति माता के दरबार में जाता है।

बात सन् 1996 की है। अक्टूबर माह में मेरे मौसी और मौसा जी ने वैष्णों देवी के दर्शन का प्रोग्राम बनाया। उन्होंने माता-पिताजी को भी चलने के लिए बोला लेकिन दोनों ही लोगों ने चलने में अपनी असर्मथता दिखायी। जब मुझे पता चला तो मैं चलने के लिए तैयार हो गया। फैजाबाद के गौसाईगंज रेलवे स्टेशन से सियालदह एक्सप्रेस से, मैं तथा मेरी दोनों मौसी और मौसा तथा उनके दो भतीजे कुल मिलाकर छः लोगों का जत्था माता के दर्शन के लिए निकल पड़ा। मेरा टिकट कट नहीं पाया था इसलिए जनरल का टिकट ले लिया गया था, जिसे बाद में टी0टी0 से कह कर स्लीपर में करवा दिया गया। इतनी दूर पहाड़ों पर यह मेरी पहली यात्रा थी। शाम तक हम जम्मू पहुँच गये। वहाँ से बस करके हम कटरा गये। जम्मू से कटरा की दूरी लगभग50 किमी है। कटरा ही इस पवित्र धाम का आधार शिविर है। कटरा पहुँचने पर बस से उतरते ही तमाम दलालो ने हमें घेर लिया। सब अपने-अपने होटलों में रुकने का आग्रह कर रहे थे। हमने बोला कि "भाई हमको यहाँ रुकना नहीं है। रात में ही हम दर्शन के लिए चल देंगे तथा सुबह दर्शन कर लेने के बाद लौट जायेंगे।"

उन्हीं दलालों में से एक ने कहा कि "सर आप मेरे होटल में रुक जाइए। आप सब के लिए हमारा होटल एकदम निःशुल्क है।"

मौसा जी ने उससे पूछा कि "तब तुम्हारा खर्च कैसे चलता होगा?"

उसने बताया कि "माता के दरबार में आने वाले भक्तों में से तमाम लोग दान-दक्षिणा चढ़ा जाते हैं। हम उनसे कुछ माँगते नहीं है, जिसकी जो मर्जी हो वो प्रेम से हमें दे देता है। उसी सब से हमारा खर्च चल जाता है।"

बातें करते-करते वो हमें अपने होटल तक ले आया। हमने सोचा चलो जब यह इतना आग्रह कर ही रहा है तो रुक ही जाते है इसके होटल में। हमारे घर का पता अपने रजिस्टर में दर्ज करने के बाद उसने हमें एक बड़े से हॉलनुमा कमरे में भेज दिया। हमने देखा कि कमरे में फर्श पर केवल दरिया बिछी हुई हैं। कोई और उस कमरे में उस वक्त नहीं था। हमने थोड़ी देर आराम करने के बाद हाथ-मुँह धोकर वैष्णों देवी की यात्रा के लिए तैयारी कर ली। हमारे सामने परेशानी यह थी कि अपना समान हम कहाँ पर छोड़े? कमरे को देख कर हम यह जान गये थे कि यह कमरा कॉमन है; जो भी यात्री आता है या कह सकते कि फँसता है, वह उसे इसी कमरे में ले आता है।

अपने बैग में से रूपये-पैसे हमने पहले ही निकाल लिए थे। फिर काउन्टर पर आकर जिस व्यक्ति ने हमारा पता अपने रजिस्टर में दर्ज किया था, उससे हमने पूछा कि "हम दर्शन को जा रहे हैं, अपना समान हम कहाँ पर रखें?"

उसने एक छोटी सी कोठरी में हमारे समान को रखवा दिया। जो व्यक्ति हमें होटल तक लाया था वो भी हमारे पीछे हो लिया। हमें लगा कि जरूर यह हमें रास्ता दिखलाने के लिए थोड़ी दूर तक हमारे साथ चल रहा है, लेकिन यह हमारा भ्रम था। उसके होटल के बगल में ही प्रसाद की दुकान थी। उसने हमें इसी दुकान में से नारियल इत्यादि पूजा का सामान खरीदने के लिए हमसे बोला।

मौसा जी ने कहा कि "हम आगे से सामान खरीद लेंगे।"

इस पर उसने कहा कि "रुकेंगे आप हमारे होटल में और सामान कहीं और से खरीदेंगे? आगे कहीं आपको समान नहीं मिलेगा। आप को यहीं से सब समान खरीदना होगा।"

मौसा जी ने कहा कि "यह क्या जबरदस्ती है। तुमने तो बोला था कि हम एक पैसा नहीं लेंगे, फिर तुम हमें क्यों परेशान कर रहे हो?"

उसने बोला कि "पैसा हमने आप से कहाँ लिया है। सामान तो आप सब को यहीं से खरीदना पड़ेगा।"

मौसा जी ने कहा "तुम अपने कमरे का भाड़ा अगर चाहों तो हम देने के लिए तैयार हैं।"

उसके कमरे का भाड़ा एक व्यक्ति का 50 रूपया था जोकि हमने उसके काउन्टर पर पता लिखवाते समय ही देख लिया था। हम कुल मिला कर छः लोग थे जिसका भाड़ा 300 रूपया बैठता। मगर उसने भाड़ा लेने से साफ मना कर दिया और समान यहीं से लेने की अपनी जिद्द पर अड़ा रहा। उसने अपने सर्मथन में दो-चार और स्थानीय लोगों को बुला लिया। हमें अंत में सामान वही से लेना पड़ा। एक आदमी का सामान 300 रूपया में पड़ा, जिसमें नारियल 100 रूपया का था और छोटी सी चुनरी 50 रूपया की। जबरदस्ती उसने प्रत्येक लोगों को सामान बंधवा कर दे दिया और हमसे पैसा भी वसूल कर लिया। हमें मजबूर होकर उसे पैसे देने ही पड़े। यह सरासर डकैती थी।

यात्रा की पर्ची हमने पहले ही ले ली थी। हमने एक टेम्पो लेकर बाण गंगा तक की अपनी यात्रा पूरी की। आगे का रास्ता पैदल का था। छोटी मौसी के लिए एक खच्चर की व्यवस्था करनी पड़ी क्योंकि उनके पैरों में कुछ दिक्कत आ गयी थी। चरण पादुका से होते हुए हम "साँझी छत" तक आ गये। यहाँ पर कुछ देर आराम करने के बाद हम अर्द्धकुमारी तक आ गये। रात का सफर था लेकिन पूरे रास्ते रोशनी का अच्छा प्रबन्ध किया गया था। हमारी इस पवित्र यात्रा में हमारे साथ-साथ तारे भी चल रहे थे। तारों भरी इस रात का सफर जीवन का एक यादगार सफर था। अर्द्धकुमारी से एक गुफा में से भी होकर के एक रास्ता था लेकिन हमने उस रास्ते पर जाना उचित नहीं समझा। सीढ़ियों से भी हम ऊपर जा सकते थे लेकिन उसमें थकान और ज्यादा लगती। अब आगे हाथी मत्था की सीधी चढ़ाई थी।

इतने लोग जय माता दी नारे लगाते हुए चल रहे थे कि हमें भी जोश आ गया था और हमने आराम से यह चढ़ाई भी पूरी कर ली। जबकी मुझे अस्थमा की भी दिक्कत रहती है। बाकी लोग अभी काफी पीछे थे। यहाँ से माता का मनोहारी मंदिर साफ दिख रहा था। अब आगे का रास्ता आसान था। हम

आराम करने की मुद्रा में वहीं पर लेट गये। हवा ठंडी चल रही थी। ठंडी रात में थोड़ी देर में मुझे नींद ने अपने आगोश में ले लिया। बाकी लोग जोकि हमसे काफी पीछे थे; वो कब माता के दरबार तक पहुँच गये हमें कुछ पता ही नहीं चला। अब वो लोग हमें वहाँ पर न पाकर काफी परेशान हो उठे। उन्होंने यहाँ-वहाँ चारों तरफ खोजबीन की लेकिन मेरा कुछ पता न चला। अंत में थक हार कर उन्होंने मंदिर के लाउडस्पीकर से मेरा नाम लेकर, पुकारना चालू करवा दिया। सुबह हो चुकी थी और सुबह का प्रकाश अब चारों तरफ फैल रहा था। अचानक ही मेरी नींद खुली। मेरे साथ मौसा जी का बड़ा भतीजा भी था। हम दोनों जल्द ही नीचे की तरफ भागे। जब हम माता के दरबार की तरफ बढ़े तभी मेरी नजर मौसा-मौसी पर पड़ गयी। दोनों ही लोग परेशान थे, उन्होंने दर्शन तक कर लिया था और बाहर बैठ कर हमारा ही इन्तजार कर रहे थे।

मौसा जी ने बड़े गुस्से में देर होने का कारण पूछा। हमने कहा कि नींद लग गयी थी, इसलिए देर हो गयी। उन्होंने ज्यादा कुछ नहीं बोला। हमसे कहा कि तुम लोग भी दर्शन कर आओं। हमारे नारियल को तो बाहर ही ले लिया गया। हमने गुफा के भीतर जाकर उन तीनों पिण्डियों के दर्शन किये। जिसमें से एक महाकाली, दूसरी महालक्ष्मी तथा तीसरी पिण्डी महासरस्वती की प्रतीक है। एक बार को तो मुझे आश्चर्य हुआ कि जिस मंदिर की इतनी महत्ता बतायी जाती है वहाँ कोई मूर्ति नहीं रखी गयी है। खैर हम गुफा से बाहर निकले। मन्दिर के पास ही कुछ दूरी पर चाय-पानी की भी कुछ दुकान है; जहाँ हमने अपने प्रसाद को खाकर पानी पीया। अब हम वापस लौटने लगे। थोड़ी दूर तक चलने पर एक और छोटी सी पहाड़ी पर भैरों मंदिर है लेकिन हम इतना थक चुके थे कि भैरों मंदिर नहीं गये। वापस लौटने पर हमने सीढ़ियों वाले रास्ते का ज्यादा इस्तेमाल किया। उतरने के लिए सीढ़ियों वाला रास्ता सही पड़ता है। इस तरह से हमारी श्री वैष्णों देवी की यह यात्रा पूरी हुई।

अब हम कटरा से वापस जम्मू लौट आये। जम्मू पहुँच कर हमने सबसे पहले गुरुद्वारा रोड पर स्थित होटल गुलमोर में कमरा लिया। कारण यह था कि सभी लोग काफी थक गये थे। इस होटल के पास ही स्थित है रघुनाथ मंदिर। हमने उस मंदिर में जा करके दर्शन किये। इस मंदिर के आसपास विष्णु के

विभिन्न अवतारों को दर्शाने वाले कई छोटे-छोटे मंदिर हैं। इसका निर्माण जम्मू-कश्मीर के राजा गुलाब सिंह ने सन् 1835 ई0 में आरम्भ करवाया जो उनके पुत्र महाराजा रणबीर सिंह द्वारा सन् 1860 ई0 में पूरा किया। इसके बाद हमने जामवंत गुफा (पीर-खो) देखा। यहाँ से फिर हम अमर महल पहुँचे। इसका निर्माण लाल पत्थरों से हुआ है। कभी राजा अमर सिंह का निवास स्थल रहा यह महल अब एक संग्रहालय में बदल गया है। जिसमें जम्मू के राजाओं की चीजें पर्यटकों के दर्शनाथ रखी हुई है। यहीं पर स्थित 120 किलो सोने का बना राजसिंहासन अत्यंत ही दर्शनीय है। इसके बाद हम बाग-ए-बाहू फोर्ट गये जो जम्मू से 5 किमी की दूरी पर तवी नदी के बाएं किनारे पर स्थित है। यह किला एक सुंदर वाटिका के द्वारा घिरा है। इसी वाटिका में स्थित एक रेस्टोरेंट से हमने आईस्क्रीम आदि खा-पीकर अपनी थकान मिटाई। ऐसा माना जाता है कि इसे 3000 वर्ष पूर्व में राजा बाहूलोचन ने बनवाया था। इस किले में काली माँ का एक मंदिर भी है। रात में हमारी ट्रेन थी। लगभग पूरा जम्मू हमने घूम ही लिया था। रात में जम्मू स्टेशन से ट्रेन पकड़कर हम हरिद्वार पहुँच गये।

सुबह हरिद्वार पहुँच कर सबसे पहले हमने पास के ही एक होटल में कमरा बुक किया। नहाने-धोने के बाद थोड़ी देर तक आराम करके हम मनसा देवी के दर्शन के लिए निकल पड़े। यह मंदिर शिवालिक पर्वत की चोटी पर स्थित है। इसकी गणना शक्तिपीठों में तो नहीं कि जाती है लेकिन इसकी मान्यता बहुत है। मंदिर तक जाने के लिए ट्राली की भी व्यवस्था थी लेकिन हमने पैदल ही चलने का निर्णय लिया। लगभग 1 किमी0 की चढ़ाई चढ़ कर हम मंदिर तक पहुँचे। हमने अपनी मनोकामना की सिद्धि के लिए पास ही के एक वृक्ष पर मौली भी बाँधा।

वहाँ से वापस लौटकर, हमने होटल पहुँच कर, पहले पेट पूजा की। शाम को हम सब गंगा की आरती देखने के लिए हरि की पौड़ी पहुँच गये। बहुत ही सुन्दर नजारा था। हमने भी 50 रूपये में फूलों से भरी एक पत्ते की नाव को लेकर उसे गंगा में प्रवाहित किया। कुछ देर तक घाट पर बैठे रहने के बाद हम अपने होटल वापस आ गये। रास्ते में पड़ने वाले एक ढ़ाबे से हमने रात का भोजन कर लिया। अब होटल पहुँच कर केवल सोना ही था। हरिद्वार में

धर्मशालाओं की भी कोई कमी नहीं है तथा वे होटलों से सस्ती भी होती है लेकिन कमरे खाली जल्द मिल नहीं पाते। हमने यह तय किया कि सुबह का स्नान हम सब हर की पैड़ी में ही करेंगे।

दूसरे दिन सुबह होते ही हम हर की पैड़ी की तरफ निकल पड़े। यहाँ पर स्नान की ऐसी मान्यता है कि इससे पूर्वजन्म नहीं होगा। स्नान करने के बाद हम अपने को अब तरोताजा महसूस कर रहे थे। पानी बहुत ही तेज बह रहा था, पानी की इस तेज धारा में कोई बह न जाए इसलिए घाटों पर लोहे की जंजीरे बांधी गयी थी। यहाँ से निकल कर हमने एक टेम्पो बुक किया जो हम सबको लेकर के ऋषिकेश गया।

ऋषिकेश हिन्दुओं के चारों प्रमुख धामों- केदारनाथ, बदरीनाथ, गंगोत्तरी तथा यमुनोत्तरी का प्रवेश द्वार माना गया है। लक्ष्मण झूला से होते हुए हम स्वर्गाश्रम दर्शन के लिए गये। मुनि की रेती पर हमको स्वामी शिवानंद जी का आश्रम भी देखने का सौभाग्य प्राप्त हुआ। यह अत्यंत ही पवित्र भूमि मानी जाती है। नवग्रह मंदिर भी हमने देखा। वहाँ से मैंने एक नवग्रह का प्रतीक भी खरीदा। भरत मंदिर घूमने के बाद शाम होने से पहले ही हमने ऑटोरिक्शा बुक किया तथा वापस हरिद्वार लौट आये।

हरिद्वार-ऋषिकेश ने मेरे मन-मस्तिष्क को काफी प्रभावित किया। एक बार फिर आने का वादा करके हम सबने कानपुर जाने वाली बस पकड़ ली।

अपना किया गया वादा इतनी जल्द ही पूरा हो जायेगा, ऐसी मेरी उम्मीद नहीं थी। हेमवती नन्दन बहुगुणा गहड़वाल सेंट्रल विश्वविद्यालय, श्रीनगर, गहड़लाल के फारेस्ट एवं प्राकृतिक संसाधन विभाग में 19-20 फरवरी 2014 को जलवायु परिवर्तन विषय पर एक नेशनल कांफ्रेंस का बुलावा पत्र उसी विश्वविद्यालय के डा0 राजीव पाण्डेय ने भेज दिया तथा आग्रह किया कि मैं उसमें जरूर आऊँ। मैं अपना शोध-पत्र तैयार करके जाने की तैयारी में लग गया। बनारस से चलने वाली जनता एक्सप्रेस में मैंने अपना टिकट हरिद्वार तक का कटवाया। बोडिंग लखनऊ से थी। हरिद्वार से आगे का सफर टैक्सी से था, जिसकी व्यवस्था विश्वविद्यालय प्रशासन ने कर रखी थी। दोपहर तक मैं लखनऊ पहुँच गया। स्टेशन के पास ही एक होटल में कमरा बुक करवा कर अब

मैं अराम करने लगा। जब ट्रेन का समय हुआ तब मैंने होटल से चेक आउट करवा कर सीधा स्टेशन पहुँच गया। स्टेशन पर पहुँचने पर पता चला कि ट्रेन तो निरस्त है। पूछताछ कार्यालय से पता चला कि जनता एक्सप्रेस तो महीने भर से निरस्त चल रही है।

मुझे सुनकर बहुत ही गुस्सा आया कि जब ट्रेन निरस्त चल रही है तब टिकट क्यों जारी किया जा रहा है? बहरहाल अब मेरे पास दो रास्ते थे। एक सीधा रास्ता तो यह था कि मैं वापस घर लौट जाऊँ तथा दूसरा रास्ता था कि बस के माध्यम से हरिद्वार तक चला जाये। मैंने दूसरा वाला रास्ता चुना, लेकिन इसमें दिक्कत यह थी कि मेरे पास कोई खास गर्म कपड़ा नहीं था क्योंकि ट्रेन में तो टिकट ए0सी0 में था। उसमें कम्बल-चद्दर मिल जाती है। अब रात में बस के सफर में तो कम्बल या चद्दर न सही लेकिन कुछ तो चाहिए ही था, अन्यथा ठंडक लगने का खतरा था। स्टेशन के पास से ही मैंने एक लोअर तथा एक तौलिया खरीद लिया।

अब मैं आलमबाग बस अड्डे पहुँचा। यहाँ पर पता चला कि हरिद्वार जाने वाली बसें तो कैसरगन्ज से जाती हैं। मैंने पूछा कि “क्या कोई ए0सी0 बस भी जाती है?”

जवाब मिला कि “ज्यादा सवारी नहीं मिलने की वजह से उसे बन्द कर दिया गया है।”

मरता क्या न करता। यहाँ से टेम्पो लेकर वापस में कैसरगंज पहुँचा तो देखता हूँ कि एक बस, जिस पर हरिद्वार लिखा था, निकल रही थी। टेम्पो वाले ने फुर्ती दिखाते हुये उसे ओवरटेक करके रोका। मैं अब बस के अन्दर था। बस में ही, मैंने अपना लोअर पहन लिया। बस में ज्यादा भीड़ भी नहीं थी। जब ठंडक अपना असर दिखाने लगी तो मैंने तोलिया से अपने को ढंकने की असफल कोशिश की। बस कितना भी बन्द क्यों न हो; कहीं न कहीं से हवा प्रवेश करती ही है। एक दम तड़के बस ने रामपुर के बस स्टॉप पर अपना डेरा डाल दिया। परिचालक ने बताया कि सब लोग यहीं पर मंजन आदि कर लें। मैंने भी यहीं पर फ्रेश होना उचित समझा; पता नहीं आगे क्या व्यवस्था मिले? रामपुर तक तो बस ठीक चली इसके बाद ड्राईवर चेन्ज हो गया। नया वाला

ड्राईवर पूरा ट्रेंड नहीं था। रामपुर के जाम में ही उसने तीन घण्टे लगा दिये। धामपुर-नगीना तक तो अच्छा खासा समय लग गया। थोड़ा और आगे चलकर दिन के ग्यारह बजे के आस-पास उसने बस एक ढ़ाबे पर ले जाकर के रोक दी। सब लोगों ने फिर वहाँ पर नाश्ता-पानी किया। इसी बीच राजीव पाण्डेयजी का फोन भी आने लगा। वो परेशान थे की मेरा फोन लग नहीं पा रहा था। मैंने उन्हें पूरी घटना से अवगत कराया तथा बताया कि शाम तक ही मैं हरिद्वार पहुँच पाऊँगा। उन्होंने कहा कि कोई बात नहीं आप को लेने के लिए एक कार वहाँ पर इन्तजार करेगी। वो आपको लेकर ही आयेगी।

मन को थोड़ी तसल्ली मिली। इस बार मैंने पुराने वाले ड्राईवर से कहाँ कि बस वो ही लेकर के चले। उसने मेरी बात मान ली। शाम के छह बजे तक मैं हरिद्वार में था। टैक्सी आ गयी थी जिसमें दो लोग और भी बैठे थे सब मेरा ही वेट कर रहे थे। वहाँ से टैक्सी ने मुझे बैठाया और फिर वो श्रीनगर के लिए चल पड़ी। रास्ते में ऋषिकेश पड़ा अब कार यहाँ से चढ़ाई पर चढ़ने लगी। वहाँ से देवप्रयाग गये। देवप्रयाग में हमने थोड़ी देर रुक कर एक जगह चाय पी। अन्धेरा अब होने लगा था। हवा भी काफी तेज एवं ठंडी बह रही थी। देवप्रयाग में अलकनंदा एवं भगीरथी नदी का संगम है। पानी के टकराने की तेज आवाज साफ सुनाई पड़ रही थी। सड़क के एक तरफ पहाड़ था तो दूसरी तरफ गहरी खाई थी। शाम के लगभग 8 बजे हम श्रीनगर पहुँचे। हम सीधे अपने होटल अशोक लोक पहुँचे। हमारे रुकने की व्यवस्था इसी होटल में की गयी थी। दिनभर की थकान के कारण रात को अच्छी नींद आई। सुबह फिर सबसे मुलाकात हुई। इस तरह से हरिद्वार एवं ऋषिकेश की यह दूसरी यात्रा काफी रोचक बन गयी।

गया और बोधगया

प्रयागराज, काशीधाम के बाद गया हिन्दूओं का प्रसिद्ध तीर्थस्थल है; जो वाराणसी से लगभग 200 किलोमीटर की दूरी पर स्थित है। अपने पूर्वजों की मुक्ति के लिए व्यक्ति आमतौर पर गया में श्राद्ध करने के लिए आते हैं। गया फल्गु नदी के किनारे बसा हुआ है। इस नदी में स्नान का अपना ही महत्व है। पिंडदान करने के लिए प्रतिवर्ष हजारों की संख्या में श्रद्धालु इसके तट पर आते हैं। फल्गू नदी एक ऐसी नदी है जिसमें बाहर से देखने पर पानी दिखाई नहीं पड़ता है; कुछ गहराई तक खोदने पर ही पानी के दर्शन होते हैं। गया के दो हिस्से हैं, एक प्राचीन गया व दूसरी आधुनिक गया। प्राचीन गया में एक से बढ़कर एक मंदिर हैं जबकि आधुनिक गया सरकारी एवं प्राइवेट इमारतों से पटा हुआ है।

जुलाई के प्रथम सप्ताह में मेरा गया जाने का प्रोगाम बना। दक्षिण बिहार सेंट्रल यूनिवर्सिटि से प्राचीन इतिहास के पद हेतु साक्षात्कार के लिए मुझे सूचना प्राप्त हुयी। मैंने तुरन्त ही अपने दस्तावेज संभाले तथा सपरिवार किसान एक्सप्रेस से रेल का टिकट बुक करवा लिया। शाम का समय था। ट्रेन अपने निर्धारित समय से लगभग दो घण्टे की देरी से थी। हमारे लिए यह खुशी की बात थी क्योंकि अगर ट्रेन सही समय पर होती तो वो हमें रात के एक बजे ही गया में उतार देती। हम चाहते थे कि ट्रेन और लेट हो जिससे की हम एकदम प्रातः गया पहुँचे। मुगलसराय पहुँचते-पहुँचते ट्रेन काफी लेट हो चुकी थी। अब हम आराम से अपनी बर्थ पर सो सकते थे। हम दोनों पति-पत्नी की बर्थ नीचे वाली ही थी। बच्चे की बर्थ किसी दूसरी बोगी में थी, जोकि हमारे किसी काम की नहीं थी। आदित्य ने अपनी माँ वाली बर्थ पर ही अपनी जगह बना ली। सुबह के छह बजे ट्रेन ने हमको गया पहुँचा दिया। हमने वहीं स्टेशन पर ही मंजन करके चाय-पानी कर लिया। एक-दो सेल्फी भी खींचकर फेसबुक पर पोस्ट कर दी जिससे मेरे जानने वालों को यह पता लग जाए कि मैं गया पहुँच गया हूँ।

जैसा कि आम तौर पर हर स्टेशन पर होता है, तमाम टेम्पो वालों ने पूछना चालू कर दिया। इन्हीं टेम्पो वालों में से दीपक पाण्डेय नाम के एक टेम्पो वाले को मैंने अपना मोबाईल नम्बर दे दिया तथा उसका नम्बर नोट कर लिया। एक-दो पण्डो ने भी संपर्क किया। मैंने एक पण्डे को, जोकि कुछ ज्यादा ही पीछे पड़ा था, बोला यार अभी पितृ-विसर्जन तो चालू नहीं हुआ है। मैं यहाँ पर केवल घूमने के लिए ही आया हूँ। तुम बेकार में ही मेरे पीछे पड़कर अपना टाइम खराब कर रहे हो। इतने में वो धीरे से वहाँ से खिसक लिया।

अब बारी थी एक ऐसे होटल की जो मेरे बजट के अनुकूल हो। स्टेशन के पास हालाँकि होटलों की कोई कमी नहीं हैं; जिनमें से होटल सिद्धार्थ, होटल अजातशत्रु एवं मोटल बुद्ध आदि प्रमुख होटल थे, लेकिन यह सभी होटल मेरे बजट के अनुकूल नहीं थे। उसी रोड पर मैं आगे बढ़ता गया। गुरुद्वारा मोड़ के पास जाकर मेरी यात्रा समाप्त हुई। होटल “गया रिजेन्सी” में मुझे वातानुकूलित कमरा रूपया एक हजार में मिल गया। मैंने उसी समय कमरा बुक कर लिया। कमरे में जाकर ए0सी0 चलाकर एक घण्टा आराम किये। उसके बाद फ्रेश होकर मैंने टेम्पो वाले को फोन किया। उसे मैंने 10 बजे अपने होटल में आने को बोल दिया। जब तक टेम्पो वाला आता हम नहा-धो कर के तैयार हो गये। होटल के सामने उसने अपनी टेम्पो लगाकर के फोन किया। हम नीचे उतरे। सबसे पहले उससे मैंने गया घूमने का भाड़ा तय किया। उसने एक हजार रूपया बताया। मैंने पूछा कि “क्या कुछ कम नहीं हो सकता है?”

टेम्पो वाले ने कहा कि “साहब आप खुद ही मेरी मेहनत देख कर के पैसा दीजिएगा। आप को पूरा गया घूमने में शाम के 8 बज जायेंगे।”

मैंने कहा कि “अच्छा ले चलो, हम थोड़ा जल्द ही घूम लेंगे आठ नहीं बजने देंगे।”

सबसे पहले वो विष्णुपद मंदिर में हम सबको ले गया; जोकि गया का मुख्य मंदिर है। गया के रेलवे स्टेशन से इसकी दूरी महज 3 किलोमीटर थी। चट्टानों को काट कर रास्ता बनाया गया है; जिसे ब्रह्मयोनि के नाम से जाना जाता है। इसी दरार से होकर सब पर्यटक गुजरते हैं। इस मंदिर का निर्माण इंदौर की महारानी अहिल्याबाई ने करवाया था। इस मंदिर के दर्शन ने हमें

रोमांचित कर दिया। अब हम गया से 12 किलोमीटर की दूरी पर दक्षिण दिशा में स्थित बोध गया की तरफ जा रहे थे।

बौद्ध गया बौद्धो का एक प्रसिद्ध तीर्थ स्थल है। यहीं पर महात्मा बुद्ध को ज्ञान प्राप्त हुआ था। उस समय यह एक छोटा सा गाँव था जिसका नाम उरुवेला था। बुद्ध को जब ज्ञान प्राप्त हुआ तब से इसका नाम बोध गया पड़ गया। बोध गया में स्थित है महाबोधि मंदिर। इसी मंदिर के प्रांगण में स्थित पीपल के वृक्ष के नीचे बुद्ध को ज्ञान की प्राप्ति हुई थी। देश-विदेश से तमाम पर्यटक तो केवल इसी वृक्ष के दर्शन के लिए ही यहाँ पर आते हैं। वे यहाँ घण्टों समाधि लगा कर बैठते हैं। इसी मंदिर के आस-पास तमाम अन्य देशों- चीन, तिब्बत, जापान, थाईलैंड एवं म्यांमार के भी मंदिर अपनी-अपनी वास्तुकला में बने हैं। इन सब मंदिरों को बारी-बारी से हमने देख लिया। हम इन मंदिरों की शैली से काफी प्रभावित हुए। वर्षा भी होने लगी थी। पानी काफी तेज पड़ रहा था लेकिन हमारे उत्साह और जोश में कोई कमी नहीं थी। महाबोधि मंदिर से बाहर निकल कर हमने हल्का-फुल्का नाश्ता किया। टेम्पो चालक दीपक को हमने फोन करके बुला लिया था। उसके आने पर हमसब ने नीबू वाली चाय पी। चाय पीने के बाद पास के ही बुक-स्टाल से मैंने बुद्ध के उपर लिखी हुई चार-पाँच किताबें खरीदीं। पानी अब भी बरस रहा था। अब हम डंगेश्वरी गुफा की तरफ चल रहे थे।

डंगेश्वरी गुफा की दूरी बोध गया से 12 किलोमीटर है। डंगेश्वरी गुफा में ही बुद्ध ने अपना काफी समय बिताया था। ध्यान लगाने के लिए यह जगह सबसे सही है। चारों तरफ निर्जन है, कहीं कोई बस्ती नहीं है। थोड़ी ही देर में हम डंगेश्वरी गुफा के सामने खड़े थे। मैंने दीपक को बोला "यार कहाँ पर ला दिये।

दीपक बोला "साब अच्छी जगह है।"

मैंने कहा, "मैं कहाँ कहता हूँ की खराब जगह है, लेकिन ये बताओं की इस पहाड़ पर कैसे चढ़ा जाये? मेरी तो चलने की भी हिम्मत अब नहीं हो रही है और तुम पहाड़ पर चढ़ने की बातें कह रहे हो। चलो इसे नीचे से ही देख लिया, अब वापस चलो।"

दीपक बोला- "साब आराम से धीरे-धीरे कर के आप चढ़िये, हमारे पास समय अभी काफी है।"

मैंने कहा- "नहीं यार अब और हिम्मत नहीं है।"

तभी पास के गाँव से दो मोटरसाइकल सवार जोकि हमारी बातों को सुन लिए थे, हमारे पास आ गये। उन्होंने कहा कि "आप को हम ऊपर तक छोड़ देंगे साथ ही वापस भी ले आयेंगे। आप हम दोनों को 100-100 रूपये दे दीजिएगा।"

मुझे उनका यह ऑफर अच्छा लगा। मैं भी इतनी दूर आकर के बिना घूमे वापस जाने वाला कहाँ था? एक मोटरसाइकिल पर मैं बैठ गया, दूसरी पर मेरी पत्नी तथा बेटा। दोनों मोटरसाइकिल सवारों ने हमें ऊपर तक पहुँचा दिया। अब इसके बाद की दूरी हमें अपने पैरों से ही तय करनी थी। दोनों सवारों ने हमें कहा कि "सर आप ऊपर जाकर के घूम आइए हम यहीं पर आपका इन्तजार करेंगे।"

सीढ़ियों के रास्ते किसी तरह से हम हिम्मत करके ऊपर चढ़े। ऊपर चढ़ कर हमने वह गुफा देखी जिसमें बैठ कर बुद्ध ध्यान मग्न होते थे। ऊपर से नीचे का नजारा काफी अच्छा था। कुछ देर तक वहीं पर बैठ कर फिर हम वापस लौटे। दोनों मोटरसाइकिल सवार हमारा इन्तजार कर रहे थे। हम उनकी मोटरसाइकिल के पीछे बैठ गये। इस बार तो उन्होंने बिना इन्जन स्टार्ट किये ही हमें नीचे तक पहुँचा दिया। ढ़लान इतनी ज्यादा थी कि उनकी मोटरसाइकिल आराम से ढलकते हुए नीचे आ गई जिससे पेट्रोल की भी बचत हुई।

हमने उन्हें सौ-सौ के दो नोट दिये तथा उनका धन्यवाद भी किया जिसकी वजह से हमको ऊपर के दर्शन मिले। अपने टेम्पो में बैठ कर अब हम वापस लौट रहे थे। रास्ते में टैम्पो वाले ने अपनी गाड़ी में पेट्रोल डलवाया। मैंने दीपक को पाँच सौ रूपये पहले ही दे दिये थे इसलिए वो भी निश्चिन्त था।

अब हम गया शहर में प्रवेश कर गये। शाम के यहीं कोई 6 बज रहे होंगे। चलते-चलते हम लोग बुरी तरह से थक भी गये थे। थकने का मुख्य कारण यह है कि पैदल चलने की हम सब की कोई विशेष आदत तो है नहीं और कहीं पर

घूमने के लिए पैदल चलना तो पहली शर्त होती है। यहाँ पर उसने एक दुर्गा मंदिर के पास अपनी टेम्पो रोकी। मैंने पूछा "यहाँ पर क्या दिखाना चाहते हो?"

दीपक ने कहा "सरजी यहाँ का बहुत ही प्रसिद्ध माता रानी का मंदिर है। आप यहाँ पर आये है तो एक बार इनके दर्शन भी कर लीजिए।"

मन में अब कुछ भी घूमने या देखने की इच्छा नहीं थी। मगर दीपक के बार-बार आग्रह करने पर हम तैयार हो गये। मंदिर की सीढ़ियों से चढ़ कर हम ऊपर तक गये। प्रसाद हमने नीचे स्थित एक दुकान से ले लिया था तथा अपने जूता-चप्पल भी उसी दुकान के पास ही उतार दिये थे। माता रानी के दर्शन कर लेने के बाद दिल को एक सुकून मिला। नीचे उतर कर हमने दीपक को भी प्रसाद दिया। उसने हमसे पूछा कि "साब मंदिर कैसा लगा?"

हमने बोला "मंदिर अच्छा है। बड़ी शांति थी ऊपर। अब तो कोई जगह बाकी नहीं है न?"

दीपक ने कहा "नहीं साब सब आपने घूम लिया।"

मैंने कहा "तब वापस होटल में ले चलो।" दीपक चाहता था कि मैं गया की मार्केट भी घूम लूँ लेकिन मैंने मना कर दिया। टेम्पो वापस होटल के सामने आ गया। मैंने दीपक को बाकी के पाँच सौ रूपये भी दे दिये।

मेरा इन्टरव्यू कल था। मैंने दीपक से कल फिर आने के लिए बोल दिया तथा उसका भाड़ा भी पूछ लिया। उसने वहाँ तक चलने का 250 रूपया बताया। मैंने उससे कहा कि "वो मुझे वहाँ तक छोड़ कर वापस लौट आयेगा, क्योंकि समय कितना लगेगा यह मुझे भी नहीं मालूम है।" सुबह 8 बजे मैंने उसको बुला लिया क्योंकि मेरा इन्टरव्यू 10 बजे का था।

दूसरे दिन सुबह वह अपने निर्धारित समय पर आ गया। हम सब लोग पहले से ही तैयार बैठे थे। शहर से काफी दूर यह विश्वविद्यालय बना है। यहाँ से साधन भी मिलना आसान नहीं था, लेकिन हम उसे कब तक रोके रहते। हम सब को विश्वविद्यालय के गेट पर उतार कर वह चला गया। इन्टरव्यू समाप्त होते ही हम मुख्य गेट पर आ गये जिससे की कोई साधन मिल सके। एक टेम्पो दूर से आता दिखा। हाथ देने पर उसने अपना टेम्पो रोक दिया लेकिन उसके टेम्पो में एक ही व्यक्ति के लिए जगह थी और हम कुल तीन लोग थे। थोड़ी देर और

इन्तजार करने के बाद एक और टेम्पो वाला दिखा वो भी पूरा भरा था लेकिन विश्वविद्यालय के गेट पर वो काफी कुछ खाली हो गया। हमने तुरन्त ही उसमें अपनी जगह ले ली; कारण यह था कि अब तक काफी अन्य लोग भी आ गये थे। उसका टेम्पो पलक झपकते ही भर गया। उसने हमें गया के रेलवे स्टेशन के पास छोड़ दिया। भाड़ा लिया कुल 16 रूपया। हम आराम से खाना खाने के बाद अपने होटल के कमरे में आ गये। खाने की जो थाली थी वो सौ रूपये की एक थाली पड़ती थी। हम अक्सर दो ही थाली का आर्डर करते थे, उसी में आदित्य का भी काम चल जाता था। बाहर निकलने पर ही खाने की सही कीमत का पता चलता है, घर में हम कितना खाना यूहीं बर्बाद कर देते हैं।

हमारी ट्रेन रात को 12 बजे के आस-पास थी। शाम को हम लोग स्टेशन के आसपास ही टहलने के लिए निकले। स्टेशन पर ही दीपक से एकबार फिर मुलाकात हो गयी। मैंने उससे पूछा कि "बराबर गुफा तक जाने का क्या भाड़ा लगेगा?"

उसने कहा कि "वहाँ आप बस से जाये तो ज्यादा ठीक रहेगा। बस सेवा वहाँ तक है। टेम्पो से जाने-आने में एक हजार रूपये का खर्च आयेगा।"

गया से बराबर गुफा की दूरी लगभग 47 किलोमीटर है तथा बोध गया से 39 किलोमीटर। सम्भवतः तीसरी शताब्दी के आस-पास इन्हें बनाया गया था। अब न तो समय ही हमारे पास बचा था और ना ही हमारा बजट यह गवाही दे रहा था कि हम उसे देखने के बारे में सोचें। मन मारकर हम अपने होटल वापस लौट आये और अपना सामान ठीक करने लगे। ठीक साढे दस बजे हमने होटल छोड़ दिया और स्टेशन पर आ गये। ट्रेन एकदम समय से थी। आदित्य की बर्थ इस बार फिर से दूसरी बोगी में था। हमें उसे छोड़ना ही पड़ा। रात के अन्धेरे में तमाम स्टेशन कब आये और कब चले गये कुछ पता ही नहीं चला। सुबह जब आँख खुली ट्रेन शाहगंज पहुँच रही थी। हमारा आखरी पड़ाव मालीपुर स्टेशन बस आने ही वाला था। मैंने शाहगंज से जैसे ही ट्रेन खुली टेम्पो वाले को फोन कर दिया तथा उसे मालीपुर स्टेशन आने को बोल दिया।

...और इस तरह से हमारी यह गया और बोध गया की विजिट समाप्त हुई।

मगहर, कुशीनगर एवं गोरखपुर

पी0जी0टी इतिहास की परीक्षा जोकि दिनाँक 01-02-2019 को फैजाबाद के एल0एम0एल0 इन्टर कॉलेज में होनी थी, की सूचना अचानक ही प्राप्त हुई। याद आया कि इसका फार्म तो मैंने तीन साल पहले यानी कि 2016 में भरा था। खैर बन गया प्रोग्राम। 31 जनवरी को ही हम कार लेकर अपने परिवार के साथ फैजाबाद जाने के लिए निकल पड़े। हमारे गाँव सुरहुरपुर से फैजाबाद की दूरी महज 85 किलोमिटर के आस-पास है। कुछ ही घण्टों में हम आराम से राम की नगरी पहुँच गये। दूसरे दिन मेरे बहनोई साहब जोकि बी0एस0एन0एल में कार्यरत है ने मुझे अपनी बाईक से मेरे परीक्षा केन्द्र तक पहुँचा दिया।

परीक्षा देने के बाद जब मैं वापस अपनी बहन के घर पर पहुँचा तो सबने एक साथ मिल कर गोरखपुर चलने का निश्चय किया। गोरखपुर जाने का निश्चय इसलिए किया गया कि मेरे छोटे भाई पुनीत जी को बहुत समय के बाद पुत्र रत्न की प्राप्ति हुई थी। पुनीत जी गोरखपुर में स्टेट बैंक के हेड ऑफिस में उस समय कार्यरत थे। वैसे तो मैं कार अच्छी ही चला लेता हूँ, मगर मेरा हाईवे पर कार चलाने का यह पहला अनुभव था। मन में एक अंजाना सा डर भी लगा रहता था कि हाईवे पर सभी गाड़िया काफी तेज चलती है; जबकि मैं एक औसत गति से ही अपनी कार चलाता हूँ और वो गति 50 किमी/घण्टा होती है। गाड़ियों की भीड़-भाड़ से बचने के लिए हमने एकदम सुबह निकलने का फैसला किया। अगले दिन यानि कि दो फरवरी दिन शनिवार की सुबह हमने कार में समान वगैरह रखने के लिए कार का दरवाजा खोलना चाहा मगर वो खुल ही नहीं रहा था। खुलता भी कैसे? कार की बैटरी डाउन हो चुकी थी। रात भर कार की लाइट ऑन जो रह गयी थी।

हमारे लिए यह एक नई मुसीबत आ गयी थी। कार को धक्का लगाने के अलावा और कोई चारा नजर नहीं आ रहा था। मुझे याद आया एक बार मैं टी0ई0टी की परीक्षा देने के लिए अपने एक दोस्त के साथ रानीपुर, आजमगढ़

गया था। कार मैंने उस कॉलेज के बड़े से मैदान में पार्क कर दी थी। लौटने पर पता चला कि कार की बैटरी ही डाउन है। कार स्टार्ट ही नहीं हो पा रही थी। दोस्त ने कार को धक्का देने की कोशिश की; मगर उस गीले मैदान में कार टस से मस नहीं हो पा रही थी। मैंने मैदान के चारों तरफ नजर दौड़ाई तो देखा कि 10-12 साल के तमाम बच्चे क्रिकेट खेलने के लिए मैदान में जमा हो रहे थे। मैंने उन बच्चों को कार को धक्का देने के लिए आवाज लगायी। 5-7 बच्चे तुरन्त ही दौड़ कर आ गये। सबने मिल कर एक साथ धक्का लगाया और कार स्टार्ट हो गई। मैंने बच्चों को धन्यवाद बोला तथा बलिया के लिए निकल गया था।

यहाँ पर कार को धक्का देने वाला कोई व्यक्ति दिख ही नहीं रहा था। मैंने दोनों बच्चों को जोकि कुछ ज्यादा ही उत्साही थे तथा बहनोई जी को कार को धक्का लगाने के लिए बोला; जिससे एक बार कार स्टार्ट हो जाये बस। मगर नतीजा टॉय-टॉय फिस। जब तक कार को तेजी से न धकेला जाये वो स्टार्ट नहीं हो सकती। इस पूरी प्रकिया में सुबह के सात बज गये। ठंडी की सुबह थी, दुकानें भी सारी बन्द थी। कोई मैंकेनिक भी 10 बजे के पहले मिलना मुश्किल ही लग रहा था। हम सब अब निराश हो चुके थे। अचानक भगवान ने हम सब की फरियाद सुन ली। पड़ोस के ही एक अति सज्जन व्यक्ति ने अपनी बालकनी से हमें कार को धक्का मारते देख कर यह जान लिया कि हमारी कार की बैटरी डिस्चार्ज हो गयी है। वो तुरन्त ही नीचे आ कर हमारी मदद को लग गये। उन्होंने अपनी कार की बैटरी को खोलकर उसके माध्यम से हमारी कार को स्टार्ट कर दिया। अब जाकर हमारी जान में जान आई।

सुबह के अब तक 8 बज चुके थे। हमारी कार अयोध्या-फैजाबाद हाईवे पर दौड़ रही थी। आधे घण्टे तक कार दौड़ाने के बाद हम लोग एक रेस्टोरेंट में दाखिल हुए। बड़ा ही अच्छा रेस्टोरेंट था। वहाँ पर हमने चाय और पकौड़े का आनन्द लिया। यादगार के तौर पर रेस्टोरेंट में ही एक-दो सेल्फी भी हमने खींची।

सुबह की यात्रा का मजा ही कुछ और होता है। ठंडी हवा सारे बदन पर जब पड़ती थी तो शरीर ठिठुर जाता था।

हम अब कबीर और बुद्ध की धरती पर पहुँच गये थे। मैं बात कर रहा हूँ मगहर की। मगहर में आमी नदी बहती हैं। इसी आमी नदी के तट पर कबीर ने देह त्याग किया था। ज्ञान की खोज में बुद्ध ने जब अपना घर-बार छोड़ा था तो इसी आमी नदी के तट पर ही उन्होंने अपने राजसी वस्त्र एवं आभूषणों का त्याग किया था। अपने सारथी को यहीं पर छोड़कर वह आगे बढ़ गये थे। आमी एक प्राचीन नदी है। बताते है कि बांसी के आगे से किसी आम के पेड़ की जड़ से निकलने के कारण ही इसका नाम आमी पड़ा।

आज आमी नदी गंदगी से काली पड़ चुकी है। कबीर की अमिया और बौद्धों की अनोमा वेगहीन होकर लड़खड़ा रही है। उसकी धारा बेदम हो चुकी है। जलकुंभियों से भरी, पानी से मोहताज यह नदी सूखती चली जा रही है। अब यह नदी कम और नाला ज्यादा लग रही है। सिद्धार्थनगर के सोहनारा से निकली और गोरखपुर के सोहगौरा में राप्ती नदी में विलीन हो जाने वाली लगभग 85 किलोमीटर लम्बी यह नदी आज अपनी व्यथा पर आँसू बहा रही है। एक लोकश्रुति के अनुसार लोग कहते है कि आमी को एक मुनि का शाप है। वे बताते है कि एक बार एक किसी सिद्ध संत ने पीने के लिए एक चरवाहे से जल माँगा। मगर उस चरवाहे ने मजाक में जल न देकर मुनि के कमंडल में बालू भरकर दे दी। इस पर मुनि ने इस क्षेत्र में जल की समाप्ति का शाप दे दिया। मगहर क्षेत्र में अकाल पड़ गया। पशु, पक्षी और मनुष्य पानी के लिए कराह उठे।

मगहर क्षेत्र को इस शाप से मुक्त कराने के लिए कबीर ने काशी को छोड़कर मगहर जाने का निश्चय कर लिया। उस समय इस अंचल के नवाब बिजली खाँ पठान थे। कबीर ने यहाँ पहुँच कर एक सुन्दर पर्णकुटी बनायी। इस क्षेत्र को श्राप मुक्त करने के लिए उन्होंने एक विशाल भण्डारे का आयोजन किया। जिसमें एक साथ हजारों लोगों ने भोजन किया और पूरा क्षेत्र जय-जय की आवाज से गूँज उठा। कबीर ने आमी नदी के जलस्रोत को पुनःप्रवाहित किया। मगहर की जनता के लिए आमी नदी के पानी का दोबारा से प्राहित होना किसी चमत्कार से कम नहीं था। वे इसके पानी को अमृत के समान मानने लगे।

मगहर और आमी नदी अनेक ऐतिहासिक और पौराणिक कथा से जुड़ी है। जब राम को चौदह वर्ष का वनवास मिला था, तब वे तीनों लोग अयोध्या से

सीधे मगहर चले आये थे। इन तीनों लोगों ने आमी नदी के तट पर तीन दिन बिताये थे। उस समय मगहर दैत्यों का केन्द्र हो गया था। दैत्य लोग अमृत के लालच में यहाँ पर बस गये थे। कहते है कि समुद्र मंथन से जो अमृत का घड़ा निकला था, उसको पाने के लिए देव और दानवों में संघर्ष छिड़ गया। इस विवाद में घड़े से जो अमृत छलका था उसकी कुछ बूँदें उस जगह पर भी गिर पड़ी थी, जहाँ से आमी नदी का स्त्रोत्र निकला था। इसी लालच में दानव लोग मगहर के आस-पास बस गये थे। इसलिए देवताओं ने गुस्से में आकर मगहर को नरक-क्षेत्र घोषित कर दिया।

हम सद्गुरु कबीर की समाधि स्थल तक गये। यहाँ ज्यादा भीड़-भाड़ नहीं रहती है। एकदम से शान्त वातावरण था। कबीर की समाधि को चांदी के पत्तलों से ढ़क दिया गया है। कुछ ही दूरी पर एक और समाधि भी थी, जो सम्भवतः कबीर के किसी अनुयायी की थी। बगल में कबीर शोध संस्थान नामक एक संस्था थी। जिसकी कबीर पर लिखी गयी पुस्तकों की अपनी लाइब्रेरी थी। लाइब्रेरी का दरवाजा अब बन्द ही रहता है। लाइब्रेरी के बाहर ही कबीर वाणी प्रकाशन केन्द्र, वाराणसी से प्रकाशित पुस्तकों को बेचा जा रहा था। मैंने भी "कबीर-तीर्थ एक झलक" नामक पुस्तक वहाँ से 50 रूपये में खरीदी तथा कबीर समाधि की एक फोटो भी 20 रूपये में खरीद ली। दोपहर के 12 बज रहे थे, हम अब बाहर निकले। कुछ दूर तक कच्चे रास्ते पर चलकर हमारी कार एकबार फिर हाईवे पर दौड़ लगा रही थी। अब हमने कार को सीधा गोरखपुर न ले जाकर कुशीनगर की तरफ मोड़ दिया।

अब हमारी कार गोरखपुर-कुशीनगर के नेशनल हाईवे-28 पर दौड़ लगा रही थी। छठी शती ई0पू0 में कुशीनारा एक प्राचीन नगरी थी। छठी शताब्दी ईसापूर्व में कुशीनगर मल्ल जनपद की दो राजधानियों में से एक था। यहीं पर महात्मा बुद्ध का महापरिनिर्वाण हुआ था। इसी कारण से यह स्थान बौद्धो का एक पवित्र तीर्थ स्थल बन गया है। यहाँ पर हिरण्यवती नदी बहती है, जिसके तट पर स्तूप बने हैं। बौद्ध ग्रंथों में कुशीनारा का उल्लेख आता है। महात्मा बुद्ध के अवशेषों पर मल्लों ने एक स्तूप का निर्माण करवाया था।

मल्ल एक लड़ाकू जाति थी। मगध राज्य ने इसके साथ घनघोर संघर्ष करके इसे अपने राज्य में मिला लिया था। अशोक एवं कनिष्क ने यहाँ पर कई विहारों का निमार्ण कराया था। हूणों के आक्रमण से इस वैभवशाली नगर को काफी हानि उठानी पड़ी। मुसलमान आक्रमणकारियों ने भी यहाँ के विहारों को नष्ट करके उसमें आग लगाकर उसे भस्म कर दिया था। हमने कुशीनगर पहुँच कर उन तमाम स्थलों को देखा, जिनसे महात्मा बुद्ध की यादें जुड़ी थीं। बौद्ध धर्म को मानने वाले लगभग प्रत्येक देश के मंदिर यहाँ पर विराजमान हैं।

दोपहर के दो बज गये थे, अब हम-सब को भूख भी लग गयी थी। पास के ही एक अच्छे से होटल में हम सबने खाना खाया। इस पूरी प्रक्रिया में घड़ी अब तीन बजने का संकेत दे रही थी। अभी बच्चे खाना खा ही रहे थे कि गोरखपुर से छोटे भाई का फोन आया। हमने उनको बताया कि हम लोग कुशीनगर आ गये है, बस थोड़ी ही देर में गोरखपुर के लिए निकलेंगे। तब तक तुम भी अपने बैंक से घर आ जाओगे। छोटे भाई ने बताया कि हम लोग शाम होने से पहले ही वहाँ से निकल ले तो अच्छा रहेगा। रास्ते में लगभग 10 किमी0 तक जंगल पड़ता है, अंधेरा हो जाने पर दिक्कत हो सकती है।

हमने जल्दी ही पेकअप कर लिया। खाना खा लेने के बाद वैसे भी अब शरीर आराम मांग रहा था। अब और घूमने की शक्ति किसी में नहीं बची थी। सभी लोग बुरी तरह से थक चुके थे। अब हम सब गोरखपुर के लिए निकल पड़े। उस समय शाम के चार बज गये थे। शाम के पाँच बजे तक मेरी कार गोरखपुर में प्रवेश कर गयी थी। हमने उस जंगल को भी देखा जिसका जिक्र छोटे भाई ने फोन पर किया था। देखकर अच्छा लगा कि चलो इस महानगर में कुछ तो शेष है। नहीं तो कंक्रीट के जंगल के अलावा और शहर में बचा ही क्या है।

गोरखपुर शहर मैं इसके पहले भी कई बार आ चुका था। उस समय प्रत्येक ढाबों तथा होटलों में मुझे नेपाली बच्चे काम करते हुए दिख जाते थे। मगर इस बार यह शहर कुछ बदला-बदला सा नजर आ रहा था। मुझे कवि शेषनाथ श्रीवास्तव की लिखी हुई पक्तियां याद आ रही है; जिनका जिक्र किए बिना यह यात्रा अधूरी ही रहेगी- “इस समय मैं खड़ा हूँ, राप्ती-रोहिनी के संगम

पर। यह राप्ती वही अचिरा है, जहाँ कभी हर्षवर्धन की सेना टिकी थी। रोहिन भी वही है, जिससे पानी लेने के लिए दो गणराज्यों के झगड़े को बुद्ध ने सुलझाया था। शाम का झुटपुटा है। उत्तर से सरकती आ रही पतली धार वाली रोहिन, चौड़ी धार वाली राप्ती में ऐसे समा जा रही है, जैसे उसे कोई नीड़ मिल गया हो, जिसमें ढलते सूरज का दीप शिखा सा मद्धिम प्रकाश हो।''

हिमालय की तलहटी में बसे तथा सरयू, राप्ती, हिरण्यवती (छोटी गंडक), सदानीरा (बड़ी गंडक) और अनोमा (आमी) से सिंचित इस प्राचीन नगर की शोभा ही निराली है। इसका इतिहास बुद्ध काल के गणराज्यों से जुड़ा है। कपिलवस्तु के शाक्यों, रामग्राम के कोलियों और पिप्पलिवन के मौरियों के उत्थान-पतन का साक्षी रहा है गोरखपुर। बताते है कि विगत के 2600 वर्षों में गोरखपुर आठ नामों का सफर तय कर चुका है। इसका नाम पहले रामग्राम, पिप्पलीवन, गोरक्षपुर, सूबा-ए-सर्किया, अख्तरनगर, गोरखपुर सरकार एवं मोअज्जमाबाद था, बाद में इसका नाम गोरखपुर पड़ा।

शाम के सात बज चुके थे और हम घर खोज रहे थे। सड़क पर इतनी भीड़ की पैदल चलना मुश्किल। किसी तरह से हम राप्ती नगर डिपो तक पहुँच पाये। यहीं पर स्टेट बैंक में कार्यरत कर्मचारियों के लिए आवास बनाये गये हैं। अब हमने आस-पास किसी होटल की खोज शुरु कर दी। कारण यह था कि आजकल के सरकारी आवासों में जगह ही कितनी रहती है जो इतने लोग उसमें समा पाते। जिन ढूँढा तीन पाईया......

जल्द ही हमें एक होटल दिख गया। होटल, छोटे भाई के घर से ज्यादा दूर नहीं था। होटल का नाम था किंग प्रिंस पैलेस। होटल नया ही बना था। हमने यहाँ पर दो कमरे बुक किये। एक कमरा 1500 रूपये में पड़ा वो भी काफी कहने-सुनने के बाद; नहीं तो मैनेजर ने उसका रेट 2500 रूपया बताया था। वो दो हजार के नीचे रूम देने के लिए राजी ही नहीं हो रहा था। जब दो कमरे बुक करने की बात आई तथा ये भी कहा गया कि दूसरे दिन 12 बजे तक हम आपका रूम खाली कर देंगे, तभी वो राजी हुआ।

कमरा बुक हो चुका था। होटल तो अच्छा था ही; उसके कमरे और भी अच्छे थे। अब हम बिस्तर पर ढेर हो चुके थे। रात के 9 बजे एक बार फिर छोटे का फोन आया। कह रहे थे कि "अभी तक आप लोग घर नहीं पहुँचे?"

हमने कहा कि "रास्ते कुछ खरीदारी करने लगे थे उसी वजह से देर हो गयी।"

होटल वाली बात हमने उनकों नहीं बतायी। अब फिर हम तैयार होकर छोटे के घर गये। वो अभी बैंक से घर नहीं आये थे। रात के लगभग 10 बजे के आसपास वो घर पर आये तो हमसब ने एक साथ मिलकर रात का भोजन किया। हमने उनकों बताया कि "हमने यहीं पास के ही एक होटल में कमरा बुक करा लिया है।"

खाना खा लेने के बाद वो भी हमारे साथ टहलते हुए होटल तक आये। रात के अब ग्यारह बज रहे थे। हम काफी थके थे। बिस्तर पर पड़ते ही कब नींद आ गयी कुछ पता ही नहीं चला। सुबह जब आँख खुली तो सात बज रहे थे। जल्द से मंजन और स्नान कर लिया। चाय लेकर छोटे होटल में आ गये थे। चाय पीते हुए तय यह हुआ कि ओला टैक्सी के माध्यम से ही गोरखपुर को घूमा जाये। सुबह के 8 बजे ओला की टैक्सी हमारे होटल के सामने खड़ी हो गयी।

गोरखपुर यानी गोरखनाथ की तपस्थली। हमने सबसे पहले गोरखपुर की पहचान गोरक्षपीठ जाने का निश्चय किया। नाथ सम्प्रदाय का यह एक प्राचीन मठ है। हमारे उ0प्र0 के मुख्यमंत्री योगी आदित्यनाथ भी उसी नाथ सम्प्रदाय से ही आते है। तमाम नाथ मुनियों की प्रतिमाएं इस मठ की शोभा बढ़ाती हैं। योगी आदित्यनाथ के उ0प्र0 के मुख्यमंत्री बनने से, गोरक्षधाम मंदिर की ध्वजा पूरे विश्व में फहरा उठी है। योगी के कार्यकाल में यह शहर एक नये बदलाव की तरफ चल पड़ा है। शहर के तमाम राजमार्गो को अब फोरलेन में बदला जा रहा है। कभी खेती और बुनाई पर निर्भर रहने वाला यह शहर अब विकास के पथ पर अग्रसर है। पहले यहाँ के लोगों को ढोकर बाहर ले जाया जाता था। यहाँ के इतिहास पर गिरमिटिया का कलंक है। थाईलैंड, सिंगापुर और खाड़ी के देशों में यहाँ के सस्ते मजदूरों ने खूब जी-तोड़ काम किया है।

यहाँ से निकल कर हमने फिर गीता प्रेस के लिए टेम्पो बुक किया; जिसने 150 रूपये लेकर के हमको गीता प्रेस के सामने उतार दिया। गीता प्रेस का अपना ही बड़ा रोचक इतिहास रहा है। इसकी स्थापना 23 अप्रैल 1923 को हुई थी। तब से लेकर इसने आज तक विकास के अनेकों नये सोपान तय किए हैं। विदेश से मंगवाई हुई हैंड प्रेस से पहले यहाँ छपाई होती थी। जिसमें तीन कुशल लोग एक घंटे में अधिकतम सौ पेज की छपाई कर पाते थे। आज यहाँ पर कई अत्याधुनिक मशीनें आ गयी हैं; जिसने छपाई के इस काम को असान बना दिया है। यहाँ से आज 1878 धार्मिक पुस्तकों का विभिन्न भाषाओं तथा आकार-प्रकार में प्रकाशन होता है। जिनका मूल्य भी बहुत ज्यादा नहीं होता हैं। हमने भी यहाँ से कुछ धार्मिक पुस्तकें खरीदीं।

पुस्तक लेकर जैसे ही हम बाहर निकले मोबाईल बजने लगा। कोई अंजाना नम्बर था। वैसे तो मैं किसी अंजाने नम्बर को जल्द नहीं उठाता हूँ, मगर पता नहीं क्यों इसको उठा लिया। फोन होटल के मैनेजर की तरफ से था। वो हमें रूम ख़ाली करने की याद दिला रहा था। हमने उसे बताया कि हम जल्द ही होटल पहुँच रहे हैं।

दोपहर के एक बज चुके थे। हमने होटल पर पहुँचते ही पहले चेक आउट किया। इसके बाद सामान लेकर के छोटे भाई के क्वाटर पर पहुँच कर लंच किया। हमारी कार छोटे के ही घर के पास ही पार्क की हुई थी। होटल में कार को पार्क करना हमने सुरक्षा के हिसाब से सही नहीं समझा था। दोपहर के ढाई बज चुके थे। अब हमने वापस लौटने की इजाजत माँगी और अपने मूल स्थान (फैजाबाद) यानि की जहाँ से यात्रा शुरु की थी के लिए निकल पड़े और इस तरह से यह एक बहुत ही अच्छी यादगार यात्रा बन गयी।

नवाबों की नगरी लखनऊ

हमारे उ.प्र. की यह राजधानी है। इसे बागों का शहर कहा जाता है। लखनऊ में विभिन्न प्रकार के फलदार बाग थे। जोकि समय के साथ-साथ नष्ट होते चले गये। कुछ तो 1857 की क्रांति के भेट चढ़ गये। कुछ प्रमुख प्रकार के बागों के नाम इस प्रकार से थे- चारबाग, ऐशबाग, कैसरबाग, हज़रतबाग, लालबाग, निशातबाग, सिकन्दराबाग, बादशाहबाग, आलमबाग, बनारसीबाग, मूसाबाग, दिलकुशा बाग इत्यादि। लखनऊ गजेटियर (1877ई.) के अनुसार 52 गाँवों को मिलाकर लखनऊ को शहर का रूप दिया गया था।

लखनऊ आना जाना तो मेरा बचपन से ही लगा रहा। कारण यह था कि कानपुर में मेरी ननिहाल है। बलिया से जब बस द्वारा हम गर्मियों की छुट्टी में कानपुर जाते थे तो, जो शहर सबसे अच्छा लगता था वह लखनऊ ही है। लखनऊ की रौनक ही कुछ और है। आज मेरे देखते-देखते इस शहर में काफी बदलाव आ गये हैं। अब यह काफी भीड़-भाड़ वाला शहर हो गया है। मेरा ऐसा अनुमान है कि उत्तरप्रदेश का हर निवासी लखनऊ में बसना चाहता है। आखिर सारी सुविधायें जो उसे मिल जाती है। लखनऊ में घूमने की एक से बढ़कर एक जगह हैं।

अवध के नवाब शिया संप्रदाय के थे। नवाबों ने एक ट्रस्ट की भी स्थापना की थी; जिसे 'हुसैनाबाद ट्रस्ट' के नाम से जाना जाता है। यह ट्रस्ट मैसूर के बाद देश का दूसरा सबसे बड़ा ट्रस्ट है। अवध के नवाबों ने लखनऊ में जो सुन्दर और बेशकीमती इमारतें बनवाई थी, उनमें से कुछ का वर्णन यहाँ किया जा रहा है-

नवाब आसिफुद्दौला का इमामबाडा- इस इमामबाडे का निर्माण नवाब आसिफुद्दौला ने करवाया था। इस इमामबाडे में इतने रास्ते हैं कि व्यक्ति बिना भूले इससे बाहर नहीं निकल सकता है। इसी कारण से इसका दूसरा नाम 'भूल-भुलैया' भी पड़ गया है। यह एशिया का सबसे बड़ा हॉल है। इसमें लोहा, लकड़ी

या पत्थर किसी भी संधि का सहारा नहीं है। इसके अन्दर एक विशाल सुरंग भी है।

मस्जिद बडा इमामबाडा- यह भूल-भुलैया के बगल में ही स्थित है।

रुमी दरवाजा- यह भी बड़ा इमामबाडा (भूल-भुलैया) के निकट ही है। पहले रुमी दरवाजे के बगल से ही एक सुरंग भी जाती थी।

छोटा इमामबाडा- इसे 1837 ई. में अवध के तीसरे बादशाह मोहम्मद अली शाह बहादुर ने, हजरत इमाम हुसैन की शहादत की याद में बनवाया था। इसे हुसैनाबाद इमामबाड़ा भी कहा जाता हैं।

शाहनजफ इमामबाडा- इस इमामबाड़े में नवाब की तीन बेगमों (जिसमें से एक अंग्रेज थी) की कब्रे हैं। इसके अन्दर झाड़-फानुशो की भव्य सजावट देखने को मिलती है।

नवाब सआदत अली खाँ का मकबरा- इसमें नवाब के बेगमों की कब्रें हैं। जिन्हें सिर्फ बाहर से देखा जा सकता है।

इमामबाड़ा सिब्तैनाबाद मकबरा- अमजद अली शाह, जोकि इमामबाड़ा सिब्तैनाबाद भी कहा जाता है, हजरतगंज की पहचान है। आज यह एतिहासिक इमामबाड़ा अतिक्रमण की चपेट मे आ गया है। लोगों ने इसमें अवैध रूप से कब्जा कर अपने-अपने निजी मकान बना लिए हैं।

मच्छी भवन- अवध में एक कहावत मशहूर थी कि ***"अवध उसका जिसका मच्छी भवन।"*** गोमती नदी के किनारे पर स्थित मच्छी भवन अवध गजेटियर के अनुसार पक्का और मज़बूत किला था। मच्छी भवन रेजिडेंसी की अपेक्षा अधिक सुरक्षित था। इसीलिए अंग्रेजों ने अपना खजाना, गोला-बारुद और महत्वपूर्ण कैदी आदि वहीं पर रखे थे। 30 जून 1857 की रात्रि में अंग्रेजों ने इस किले को छोड़ते समय इसमें आग लगा दी। जिसके कारण हुए विस्फोट से यह पूरा किला धराशायी हो गया। अंग्रेजों ने इसके मलवे के उपर ही किंग जार्ज मेडिकल कॉलेज बनवा दिया।

रेजीडेन्सी- इसका निर्माण नवाब आसिफ्उद्दौला ने अंग्रेज सैनिकों के रहने के लिए करवाया था। 1857 की क्रांति के समय में अवध की सेना ने इसको घेर लिया था। लगभग तीन महिनों तक रेजीडेन्सी पर घनघोर बमबारी

हुई थी। आज भी इसकी दीवारों पर गोलियों तथा तोप के गोलों के निशान मौजूद हैं। उस समय रेजीडेंसी में कई लाख रूपये थे। यहाँ पर रह रहे अंग्रेज अधिकारियों, उनके परिवारजनों और खजाने की सुरक्षा के लिए जबरदस्त चैकसी की जाने लगी थी। पैदल टुकड़ियों के अतिरिक्त नौसेना की टुकड़ी भी रेजीडेंसी के आसपास तैनात कर दी गई थी।

छतर मंजिल- नवाब सआदत अली खाँ ने छतर मंजिल का निर्माण करवाया था। छोटी छतर मंजिल अब गिर चुकी हैं। बड़ी छतर मंजिल का बेसमेन्ट हमेशा ही पानी से डूबा रहता है।

तारा कोठी- नवाब सआदत अली खां के द्वारा बनवाई गयी इस तारा कोठी में इतने परिवर्तन हुए हैं कि अब, तारों वाली कोठी का बस केवल नाम ही शेष रह गया हैं। 1857 की क्रांति के समय में स्वतंत्रा-सेनानियों का यह एक महत्वपूर्ण स्थान था। पहले इसे बैंक आफ बंगाल को दे दिया गया था। कुछ वर्षो के बाद स्टेट बैंक ने इसे खरीद लिया।

कुछ अन्य स्मारक या भवन जोकि नवाबों के द्वारा बनवाये गये थे; उनके नाम हैं- जामा मस्जिद, मोती महल, केसर बाग महल, शाहनजफ, लक्ष्मण टीला, बारादरी केशर बाग, दिलकूशा महल आदि।

लखनऊ के गोसाईगंज क्षेत्र में स्थित है लगभग पाँच सौ साल पुराना मंदिर सिद्धेश्वर। इस मंदिर से कुछ ही दूरी पर एक मस्जिद का भी निमार्ण हुआ हैं। यह मस्जिद मंदिर के ही आकार की व एक ही कारीगर के द्वारा निर्मित बताई जाती है। दोनों के गुंबद आपस में मेल खाते हैं। यहाँ के बुजुर्ग ऐसा बताते है कि मंदिर व मस्जिद दोनों का ही निर्माण एक साथ हुआ था। ऐसी मान्यता है कि सिद्धेश्वर मंदिर व मस्जिद का निर्माण वाजिद अली शाह के समय में उनके एक खजांची ने कराया था।

लखनऊ में ही स्थित है 12 वीं शताब्दी में निर्मित राजा बिजली पासी का किला। यह किला अब बुरी तरह से अतिक्रमण की चपेट में आ गया है। परिणामस्वरूप 12 वीं शताब्दी की यह ऐतिहासिक धरोहर अब नष्ट होने के कगार पर आ पहुँची है।

नवाबों की सरजमीं लखनऊ की पुरानी छवि आज बदल गई है। एक समय नफासत, नजाकत, अदब और तहजीब के लिए पूरी दुनिया में मशहूर लखनऊ; अब अपने अनूठे पार्कों और स्मारकों के लिए जाना जाने लगा है। मुगल और ब्रिटिश स्थापत्य कला के नमूनों से भरे लखनऊ शहर में बौद्ध स्थापत्य कला के स्मारक भी दिखने लगे हैं। रंगीन पत्थरों से बने और रंगीन फव्वारों से इनको कुछ इस तरह से सजाया गया है कि वे अपनी खूबसूरती से सबका मन मोह लेते हैं।

उत्तर प्रदेश की भूतपूर्व मुख्यमंत्री मायावती ने बाबा भीमराव अंबेडकर और अपने राजनीति गुरु कांशीराम के बहाने नवाबों की इस नगरी पर अपनी अमिट छाप छोड़ दी है। इस क्रम में यहाँ पर जो भव्य इमारतें बनी हैं उसने लखनऊ शहर को एक नया रूप दे दिया है। शहर को नया रूप देने में डॉ. भीमराव अंबेडकर विहार, समतामूलक चैक, सामाजिक परिवर्तन गैलरी, डॉ. भीमराव अंबेडकर स्मारक दृश्य स्थल, डॉ. भीमराव अंबेडकर सामाजिक परिवर्तन प्रतिबिंब स्थल, सामाजिक परिवर्तन संग्रहालय, मान्यवर कांशीराम स्मारक स्थल और डॉ. भीमराव अंबेडकर गोमती पार्क का प्रमुख स्थान हैं।

कांशीराम स्मारक स्थल का गुंबद तो देश का सबसे बड़ा गुबंद है। गोमती नदी के उत्तरी किनारे पर 107 एकड़ में फैले डॉ. भीमराव अंबेडकर सामाजिक परिवर्तन स्थल के मुख्य मार्ग पर ग्रेनाइट के स्तंभ बेहद आकर्षक हैं। परिसर में घुसते ही मकराना संगमरमर अपनी उज्जवलता से आपका स्वागत करते हुए प्रतीत होते हैं। कांसे से निर्मित सौ फुट से ज्यादा व्यास वाले गुंबद दूर से ही सबका मन मोह लेते हैं। गुंबद के नीचे छतरियों के साथ महापुरुषों की संगमरमर की मूर्तियाँ लगी हुई हैं। परिसर में 62 हाथियों की मूर्तियों की गैलरी है। जहाँ पर कांशीराम और मायावती की विशालकाय प्रतिमाएं लगी हैं; उसे प्रतिबिंब स्थल का नाम दिया गया है।

कांशीराम स्मारक स्थल भी देखने के लायक है। यह स्थल 60 एकड़ में फैला है और 177 फुट ऊँचा है। यहाँ पर भी कांशीराम और मायावती की 18 फुट ऊँची प्रतिमाएं हैं। यहाँ पर भी 30 हाथियों की मूर्तियों वाला एक गलियारा है।

बौद्ध विहार शांति उपवन 31 एकड़ में स्थापित किया गया है। यहाँ पर गौतम बुद्ध की संगमरमर की चतुर्मखी प्रतिमा तो है ही साथ ही साथ कांशीराम और मायावती की भी प्रतिमाएं हैं। लखनऊ की पुरानी जेल को तोड़कर वहाँ पर कांशीराम की स्मृति में एक भव्य उपवन का निर्माण कराया गया है।

दो सौ साल पुराने हजरतगंज को भी मायावती ने बदल कर रख दिया है। लेकिन हजरतगंज का बदला हुआ यह रूप वास्तव में सबके मन को भा रहा है। एक समय नवाबों के द्वारा बनवाई गई कोठियों से सजा यह इलाका ब्रिटिश काल आते-आते लखनऊ के सबसे आलीशान बाजार के रूप में स्थापित हो गया था। हजरतगंज को आधुनिक बाजार बनाने में समकालीन नवाबों, बेगमों, अंग्रेजों और विभिन्न आधुनिक शासकों की महत्वपूर्ण भूमिका रही है। यदि 1810 में छठे नवाब सादत अली खान ने बाजार की मुख्य सड़क तथा नूरबख्श कोठी (जिलाधीश आवास) व पड़ोस में शाही चोपड़ घुड़साल बनवा कर; इसकी नींव डाली तथा आठवें शासक नवाब नसीरुद्दीन हैदर ने तारे वाली कोठी (आज का स्टेट बैंक) बनवाकर इसे बाजार के रूप में उभारा। तो अवध के दसवें नवाब अमजद अली शाह की बेगम मल्लिका अहद् के महत्वपूर्ण योगदान को भी नहीं भूलना चाहिए। अमजद अली, जिन्हें मेढू खाँ की छावनी की जगह पर हजरतगंज को बसाने का मुख्य श्रेय दिया जाता है, ने अपनी प्रिय बेगम मल्लिका अहद् के लिए यहाँ पर कई निर्माण कार्य किए थे। जिनमें आज के जनपथ मार्केट के स्थान पर स्थित तीन मंजिली बेगम कोठी भी मुख्य थी। वह यहीं पर रहती थीं। अमजद अली ने सिब्तैनाबाद इमामबाड़े से लेकर कैपिटल सिनेमा के पास स्थित शाही मस्जिद समेत कई और निर्माण भी करवाये थे। सिडनी हेय के अनुसार इन समस्त कोठियों को बेगम कोठी कहा जाता था।

1864 के फरवरी माह के अभिलेख संख्या 109-112 के अनुसार मल्लिका अहद् हजरतगंज की कई दुकानों की मालकिन थी। इस बेगम की जिंदगी झोपड़ी से महल तक की एक रोचक कथा है। नवाब से शादी के पहले भी वह न केवल शादीशुदा थी, बल्कि उसके बच्चे भी थे। वह अवध के तीसरे नवाब शुजाउद्दौला की बेटी की एक गुलाम सेविका भर थी। नवाब अमजद अली से शादी करने के बाद तो जैसे उसके भाग्य ही बदल गये। उस जमाने में भी

नवाब उन्हें 7000 रूपये महीना खर्च देते थे। इसके साथ ही हजरतगंज में कई दुकानें और मोहम्मद बाग भी उनकी निजी जायदाद का हिस्सा थे। उनके पास उस समय 6 लाख रूपये के प्रामिसरी नोट भी थे।

अंग्रजों ने लखनऊ पर पुनः कब्जा करने के बाद बेगम कोठी की चारदीवारी गिरवाकर, उसके स्थान पर कई दुकानें बनवाई व सड़क चौड़ी करने के लिए बाजार के दोनों छोर के द्वार भी गिरवा दिये। अंग्रेजों के शासनकाल में हजरतगंज पूरी तरह से अंग्रेजियत में परिवर्तित हो गया था। यहाँ पर अंग्रेजी सभ्यता की प्रतीक धार्मिक, प्रशासनिक, मनोरंजन संबंधित व व्यवसायिक प्रतिष्ठानों की इमारतें बन कर तैयार हो गईं।

धार्मिक स्थलों में बाजार के एक तरफ क्राइस्ट चर्च, तो बीच में सेंट जोसेफ कैथेड्रेल बन गया। कैथेड्रेल की स्थापना 1869 में सेना की इंजीनियरिंग शाखा के एक अंग्रेज अधिकारी ने एक चर्च के रूप में की थी, जिसमें 300 लोगों के बैठने की व्यवस्था थी। आजादी के बाद 1969 में इसे गिराकर यहीं पर एक भव्य चर्च बनवाया गया, जोकि आज भी है।

अंग्रेजों के ही शासनकाल में हजरतगंज स्थित नार्दन रेलवे के डीआरएम कार्यालय की आलीशान इमारत की जमीन 16 दिसंबर 1899 को अवध रुहेलखण्ड रेलवे के नाम से रजिस्ट्री करवायी गई थी। इसी अवधी में सन् 1879 को मुख्य चैराहे पर स्थित इलाहाबाद बैंक ने अपना व्यवसाय करना आरंभ किया। 37 वर्ष के बाद गांधी आश्रम के सामने की क्लॉक टावर वाली बिल्डिंग को किराये पर लेकर सेंट्रल बैंक ने भी अपना काम करना शरु कर दिया था। इस तरह हजरतगंज में इंपीरियल बैंक समेत तीन बैंकों के खुलने से इस बाजार को विकसित होने में काफी मदद मिली।

अंग्रेजों के मनोरंजन के लिए लंदन के बहुचर्चित 'मेफेयर' के नाम पर यहाँ मेफेयर बिल्डिंग बनी। जहाँ डांस रूम, बार व रेस्तरां आदि थे। यहाँ पर प्रत्येक बुधवार एवं शनिवार को डांस होता था। आजादी के बाद उस समय भारतीय परम्परा से मेल न खाने के कारण, डांस एवं बार रूम को बन्द कर दिया गया तथा उसके ऊपर के हाल में ब्रिटिश लाइब्ररी व नीचे सिनेमा हाल खोल दिया गया; जहाँ पर कभी केवल अंग्रजी फिल्में ही दिखाई जाती थीं। आज कल

यह बंद है। आज का साहू पिक्चर हाल आजादी से पहले प्लाजा और बाद में फिल्मिस्तान के नाम से जाना जाता था।

अंग्रेजों के डांस के लिए दूसरा स्थान आज केगाँधी आश्रम की बिल्डिंग में था, जिसका डांस फ्लोर लकड़ी का था। वहाँ पर केवल अंग्रेज ही प्रवेश कर सकते थे, वह भी अपनी निर्धारित पोशाक में। आजादी के बाद मुख्यमंत्री गोविंद बल्लभ पंत ने यह इमारत गांधी आश्रम को आवंटित कर दी थी।

लखनऊ का बौद्धिक केंद्र इंडियन कॉफ़ी हाउस, वैसे तो 1938 में ही शुरु हो गया था, परन्तु यहाँ पर भारतीय बुद्धिजीवियों का ही हमेशा जमघट लगा रहता था। यहाँ के वेटर नामचीन लोगों के साथ अपने संबंधों का दावा करते देखे जाते थे। आज यहाँ की संस्कृति अपनी अंतिम सांसे ले रही है। आज जहाँ पर गोदरेज का शोरूम है।

1967 के आसपास वहाँ कुछ दिनों के लिए स्केटिंग रिंग भी खुला था। आजादी के पहले का चैधरी स्वीट हाउस व 1932 में शुरु हुआ कपूर होटल आज भी नवर्निमत बारिस्टा व कैफे काफी डे को कड़ी टक्कर दे रहें हैं।

हजरतगंज के सौंदर्यीकरण का एक प्रयास शासन की तरफ से कई दशक पहले भी हुआ था। किंतु वर्तमान सरकार के संसाधनों व इच्छाशक्ति ने जनमानस के सहयोग से इस बाजार की काया ही पलट कर रख दी है। इसके एक तरफ लालबाग, जहाँ भोपाल हाउस जोकि विशिष्ट लोगों के ठहरने के लिए इस्तेमाल किया जाता था, और दुकानें भारत-पाक बंटवारे में आए हुए रिफ्यूजीओं को व्यापार के लिए दे दी गईं थीं। एक कोने पर स्थित था जहाँगीराबाद पैलेस, जोकि आज डीएम आवास है। इसके दूसरी ओर बनी इमारत आज इलाहाबाद बैंक का जोनल कार्यालय है। आजादी के बाद हजरतगंज को नैनीताल की तर्ज पर संवारा गया। प्रदेश सरकार ने करोड़ों रूपये खर्च करके यहाँ की साज-सज्जा व रंग-रोगन को बिल्कुल पाश्चात्य रूप प्रदान कर दिया है।

अमीनाबाद का महत्वपूर्ण हिस्सा बन चुका मुमताज मार्केट, कभी धोबी घाट था और जहाँ पर प्रताप मार्केट है, वहाँ जलावन की लकड़ी बिकती थी। गड़बड़झाला के दूसरी तरफ से लेकर जहाँ लाटूश रोड है, हैवलक रोड तथा

नजीराबाद समेत आसपास के क्षेत्रों में खेती होती थी। बाद में नवाबों ने यहाँ पर गलियाँ बसा दीं। उस समय पूरा बाजार 10 से 15 रूपए महीने के किराए पर था। हिन्दू हो या फिर मुसलमान, दोनों समुदाय की दुकानें अगल-बगल में स्थित थी। गूंगे नवाब पार्क के एक तरफ रामकृष्ण मिशन का अस्पताल था, जहाँ पर आज होटल है। नाज सिनेमा वाले ढाल पर इक्का-दुक्का दुकानें ही थीं। बताशे वाली गली में स्थित मंदिर में कुआँ था, जिससे पानी निकालकर पुराना बजाज के पास प्याऊ लगाया जाता था। यह प्याऊ सारे दुकानदार मिलकर के लगाते थे। व्यापारियों व दुकानों के स्टाफ को पानी पिलाने के लिए महाराज होते थे, जो प्रत्येक दुकानदार से दो रूपए महीना लिया करते थे। ये महाराज रात में चौकीदारी भी किया करते थे। जिसके लिए दो आना अलग से दिया जाता था ताकि महाराज मिट्टी का तेल खरीद सकें और लालटेन जलाकर, रातों में चैकीदारी कर सकें। उस समय सरकारी नियंत्रण की वजह से कपड़ा कूपन पर मिलता था। बाहर के ग्राहक भी अमीनाबाद आते थे। उस समय लखनऊ में दो ही प्रमुख बाजार थे एक अमीनाबाद और दूसरा चौक।

पुराना बजाजा अमीनाबाद का कपड़ा बाजार था। नियम कानून के दायरे में ही सारा व्यापार होता था। मोहन मार्केट के बस जाने के बाद पुराना बजाजा के कपड़े की चमक फीकी पड़ गई क्योंकि मोहन मार्केट में दो नम्बर के कपड़ों की ब्रिकी होने लगी थी। आज अमीनाबाद में एक से बढ़कर एक दुकानें हैं जहाँ करोड़ों का माल रहता है। पहले के अमीनाबाद में और आज के अमीनाबाद में जमीन-आसमान का अन्तर है। यहाँ की एक-एक फुट जमीन की कीमत काफी हो गई है। लखनऊ की बढ़ती हुई कीमतों ने बहुत से बाहरी बिल्डरों को भी आकर्षित किया। इन बिल्डरों में जायज तथा नजायज दोनों ही तरीकों से जमीन प्राप्त कर लेने की होड़ सी मच गई। इन्हीं बिल्डरों में से कुछ ने गणेशगंज स्थित ऐतिहासिक खर्शेदबाद गेट पर नजायज ढंग से कब्जा कर लेने की भी कोशिश की। लेकिन स्थानीय निवासियों के प्रतिरोध के चलते वे सफल नहीं हो पाये। फिर भी उन्होंने इस गेट की छत के तीन हिस्सों को गिरा कर काफी क्षति पहुँचा दी। भारतीय पुरातत्व विभाग ने इस इमारत को नवाबी काल की महत्वपूर्ण श्रेणी में शामिल किया है।

लखनऊ के आर्कषण से मैं भी बच नहीं पाया और अवध विहार परियोजना के अंर्तगत जब आवास विकास परिषद ने अपने फ्लेटों की बिक्री प्रारम्भ की तो एक छोटा सा वन रूम का फलैट मैंने भी, किस्तों में बुक करा लिया तथा एक टू बी.एच.के. का फलैट् मेरी बहन ने भी बुक कराया। इसे बुक किये हुए तीन साल हो गये, अभी तो हम उन फ्लेटों की किस्त ही अदा कर रहें हैं।

नासिक दर्शन एवं मुम्बई की सैर

घूमना किसे अच्छा नहीं लगता और जब बारिश का मौसम हो तब तो घूमने का मजा ही कुछ और होता है। इस बार हमने नासिक दर्शन का प्रोग्राम बनाया और अपने इस प्रोग्राम में अपने प्रिय दोस्त नीरज को भी साथ ले लिया। हमने समय से रिजर्वेशन करा लिया। बलिया से चलने वाली पवन एक्सप्रेस में सभी लोगों को कन्फर्म सीट मिल गयी थी। सभी लोग बड़े ही खुश थे कि चलो आज जाकर हमें शिरडी तथा त्रंयम्बकेश्वर के दर्शन करने का सौभाग्य मिल रहा है। वो घड़ी भी आ गयी जब हमें ट्रेन पकड़ने के लिए अपने घर से निकलना था। सांय आठ बजे की ट्रेन थी। ट्रेन प्लेटफार्म संख्या तीन पर समय से पहुँच गई। हमने अपना-अपना स्थान ले लिया। अब ट्रेन तेज रफ्तार से पटरियों पर दौड़ रही थी।

बड़ों के साथ ही साथ बच्चे भी काफी खुश थे। बनारस आने तक तो हम सब आपस में बातें करते रहे। इसके बाद हमने सोने की व्यवस्था की कारण यह था कि बच्चों को नींद आ रही थी, दोपहर में वे जाने की खुशी में जरा भी नहीं सोये थे। मेरी नींद एकदम तड़के खुल गयी। बोगी में अंधेरा था। मैंने अंदाज लगाया सुबह का कोई चार बज रहा होगा। ट्रेन उस समय इलाहाबाद स्टेशन पर खड़ी थी। सभी लोग उस वक्त सो ही रहे थे, इस कारण से मैं भी बिना मन के लेट गया। ट्रेन अपने नाम के अनुरूप ही दौड़ लगा रही थी। इलाहाबाद के बाद तो ज्यादतर पठारी इलाका ही चालू हो जाता है इसलिए खिड़की से कुछ देखने का मन भी नहीं करता।

नासिक के बारे में मैंने किताबों में पढ़ा था कि प्राचीन काल में यह प्रदेश पहले पदमनगर फिर त्रिकंटक के नाम से जाना जाता था। इसके बाद इसका नाम जनस्था पड़ा। इसकी पुष्टि मुम्बई-आगरा मार्ग पर स्थित पाण्डव गुफाओं के शिलालेखों से प्राप्त विवरणों द्वारा होती है। पाण्डव गुफाएं ढाई हजार साल पुरानी है। इस क्षेत्र पर 400 साल तक सातवाहनों अर्थात आन्ध्र भृत्यों ने शासन किया था। इस वंश के सभी शासक बौद्ध धर्मावलम्बी थे। इनमें गौतमी

पुत्र शातकर्णी का नाम विशेष आदर और सम्मान के साथ लिया जाता है। ये अपने को राम का वंशज भी मानते थे। महाराष्ट्र का यह प्रथम महावंश था। छठी शताब्दी में चालुक्यों ने इस पर अपना प्रभुत्व जमाया। समय के साथ ही साथ इस क्षेत्र पर क्रमानुसार राठोड़, देवगिरि के यादवों, मुस्लिमों और बाद में पेशवाओं ने शासन किया। मुस्लिम शासन में यहाँ के अनेकों मंदिरों को नष्ट किया गया। लेकिन पेशवाओं ने इन मंदिरों का फिर से जीर्णोद्धार तथा पुननिर्माण करा दिया। एक बात और बता देना उचित होगा कि अंग्रजों ने अपने शासन में इस क्षेत्र का कोई अहित या हानि नहीं की थी।

सुबह के सात बज गये थे। चाय वालों की वजह से हम सब की नींद खुल गयी। सभी लोगों ने जल्द से फ्रेश होकर गर्म चाय का स्वाद लिया। बच्चें तो चिप्स और बिस्कुट पाकर खुश हो गये थे। उन्होंने खिड़की वाली सीट पर अपना कब्जा भी कर लिया था। रात में बारिश भी हुई थी क्योंकि ट्रेन की खिड़की पर पानी की बूँदें टपक रहीं थीं। तमाम स्टेशन आ रहे थे और जा रहे थे। ट्रेन अपनी मंजिल की तरफ भागी चली जा रही थी। औरतें आपस में बातों में लग गयी। दूसरे दिन हम लोग नासिकरोड स्टेशन पर उतरे। स्टेशन के बाहर ही हमें पाँच सौ रूपये की दर से कमरा मिल गया। स्टेशन के बाहर निकल कर सबसे पहले हमने एक ठेले पर कटिंग चाय का आनन्द लिया। जो चाय हमें पाँच रूपये में पूरा गिलास भर कर मिल जाती थी। यहाँ पर हाफ ग्लास का आठ रूपया माँगा जा रहा है। हमने मन ही मन सोचा कि अब यहाँ पर चाय पीने लायक नहीं है।

आप को बताते चले कि नासिक को श्री राम की भूमि प्राप्त होने का भी गौरव प्राप्त है। भगवान राम ने 14 साल के वनवास काल का कुछ हिस्सा यहाँ पर भी बिताया था। स्कंद पुराण में ऐसा वर्णन मिलता है कि कश्यप ऋषि के आदेश पर भगवान राम ने अपने पिता दशरथ का श्राद्ध कर्म गोदावरी नदी के तट पर किया था। इसी कारण से गोदावरीतट को महत्व प्राप्त है। भारत के लगभग सभी भागो से लोग अपने मृतजनों की आत्मा की शांति के लिये श्राद्धदि कर्म करने यहाँ पर आते हैं।

एक टेम्पो लेकर हम नासिक के मंदिरों तथा पंचवटी को देखने के लिए निकल पड़े। नासिक में मंदिरों की कोई कमी नहीं है। सभी मंदिर प्राचीन हैं। इन मंदिरों में श्री गंगा गोदावरी पंचकोठी मंदिर, सिंहस्थ गोदावरी मंदिर, पातालेश्वर महादेव मंदिर, कपालेश्वर मंदिर, सुंदर नारायण मंदिर, श्री कालाराम मंदिर, नीलकण्ठेश्वर मंदिर, नारोशंकर मंदिर, दुतोंडया मारुती मंदिर, गोराराम मंदिर, विश्वेश्वर मंदिर, एकमुखी दत्त मंदिर एवं सोमेश्वर मंदिर तथा मुक्तिधाम मंदिर आदि प्रमुख हैं। इन सभी मंदिरों का अपना एक इतिहास है लेकिन इनकों देखने के लिए पर्याप्त समय चाहिये जोकि हमारे पास नहीं था।

श्री कालाराम मंदिर के पूर्व द्वार से बाहर आने पर सीता गुफा तथा सीता हरण मंदिर है। वनवास के समय में सीता को रामजी ने इसी गुफा में रखा था। सीता हरण मंदिर से ही लंका के राजा रावण ने सीता का हरण किया था। इसी के ही समीप पंचवटी नाम का प्रसिद्ध क्षेत्र भी है। जहाँ पर पाँच वट के वृक्ष है। इन्हीं पाँच वृक्षों के कारण ही इस क्षेत्र का नाम पंचवटी पड़ा। हमने वह स्थान भी देखा जहाँ पर लक्ष्मण ने सीता की सुरक्षा के लिए लक्ष्मण रेखा खींची थी।

नासिक दर्शन के उपरान्त हम शिरडी के साई मंदिर पर पहुँच गये। यहाँ पहुँच कर सच में मुझे काफी सुकून मिला। आज; साई बाबा हिन्दू थे? मुसलमान थे? इस पर बहस हो रही है, लेकिन मेरी नजर में वह एक सिद्ध संत थे, जिन्होनें एक साधक की ही भांति अपने आप को रखा। उनके आशीर्वाद मात्र से ही अनगिनत लोगों का कष्ट दूर हुआ। बाबा ने कभी भी इसका श्रेय नहीं लिया। उन्होंने अपने जीवन के 64 साल यहीं पर बिताये थे। साई बाबा को गुलाब का फूल अर्पित करके हमने अपने जीवन के लिए सुख एवं शान्ति की कामना की।

शिरडी दर्शन के उपरान्त हमने शनि शिंगणापुर जाने का निश्चय किया। हमें एक जीप मिल गयी जोकि उधर ही जा रही थी। हम कुल बच्चों सहित छह लोग थे। चार-पाँच और लोगों को बैठाने के बाद वह शिंगणापुर के लिए चल पड़ी। एक जगह हमने बोर्ड देखा जिससे पता चला कि अहमद नगर यहाँ से लगभग 35 कि0मी0 की दूरी पर है। शिंगणापुर की ख्याति देश-विदेश में फैली हुई है। इसका एक कारण तो यह है कि यहाँ के किसी भी घरों में ताले नहीं

लगाये जाते हैं। शिंगणापुर में हमें उतारने के बाद वह जीप टैक्सी स्टैंड पर खड़ी हो गयी तथा यात्रियों से कहा गया कि वे दर्शन करने के बाद वापस यहीं पर आ जायेंगे। शनि सूर्य देवता के पुत्र माने जाते हैं। उन्हें काला तिल तथा सरसों का तेल चढ़ाया जाता है। हमने अपने घर से ही सारी व्यवस्था कर के चला था। यानि की हमारे पास तेल भी था और तिल भी। लेकिन हमारे दोस्त को वहीं से सब खरीदना पड़ा। खरीदना बुरा नहीं है, लेकिन जब दो रूपये के सामान को चार रूपये में बेचा जाता है तब काफी बुरा लगता है। हमारी इसी मजबूरी का फायदा यह स्थानीय दुकानदार लोग उठाते हैं; जिससे पर्यटन का मजा ही किरकिरा हो जाता है। यहाँ पर आने से पूर्व हमने सुन रखा था कि महिलाओं का प्रवेश यहाँ पर वर्जित है। लेकिन हमारे साथ की लगभग सभी महिलाओं ने दर्शन किये। इसके बाद हम लोग धीरे-धीरे टैक्सी स्टैंड की तरफ हो लिए, जहाँ पर हमारी जीप खड़ी थी। रास्ते में जीप वाले ने एक जगह रोक कर हमको गन्ने का जूस भी पीने की राय दी। उसकी सलाह बुरी नहीं थी। हमने देखा कि यहाँ पर आज भी बैलों की सहायता से कोल्हू से गन्ने का जूस निकाला जा रहा है। जबकि हमारे प्रदेश में तो यह काम मोटर मशीन ही करती है। खैर जो भी हो गन्ने का जूस लाजवाब था। जीप वाले ने हमें वापस शिरडी छोड़ दिया था।

शिरडी से बाहर निकल कर हमने पहले खाना खाया फिर त्रयम्बकेश्वर जाने का निश्चय किया। यहाँ जाने के लिए हमने बस का साधन लिया। इसका कारण यह था कि वह अन्य साधनों की अपेक्षा कहीं सस्ता साधन था। दूसरा यह कि त्रयम्बकेश्वर बस स्टॉप पर यह हमें छोड़ती, जहाँ से हम असानी के साथ टहलते हुए दर्शन कर सकते थे। बहरहाल हम लोग अराम के साथ त्रयम्बकेश्वर पहुँच गये। पेशवाओं के शासन काल में पेशवा नाना साहब ने त्रयम्बकेश्वर मंदिर का निर्माण कराया था। 1866 ई0 में त्रयम्बकेश्वर में नगरपालिका की स्थापना हुई। तब से लेकर आज तक यह नगरपालिका यहाँ आने वाले श्रद्धालुओं तथा पर्यटकों की सुविधाओं का ख्याल रख रही है। समय के थपेडों को सहते-सहते पूरा मंदिर ही काला पड़ गया है। मंदिर के चारों तरफ पत्थर की दीवारें हैं। मंदिर की बनावट में फौलाद जैसी समतलता और चिकनाहट है। मंदिर के शिखरों पर पाँच स्वर्ण कलश हैं। त्रयम्बकेश्वर जी का पंचमुखी स्वर्ण मुकुट विशेष

अवसरों पर समय-समय पर पिण्ड पर सुशोभित किया जाता है। मुस्लिम आक्रान्ताओं ने इसे लूट लिया था, वे उसे अपने साथ दिल्ली ले गये थे। बाद में पेशवा भाउ साहब ने इसे फिर से मुगलों के हाथ से छीन कर इसकी गरिमा में वृद्धि की थी। कुम्भ के अवसर पर संत लोग पूरे वर्ष भर त्रयम्बकेश्वर में ही निवास करते हैं। यहाँ पर आकर तथा दर्शन कर लेने के बाद मन को यह तसल्ली जरूर हुई कि चलो आज हमने शिव के एक धाम को देख लिया। इस तरह से हमारा त्रयम्बकेश्वर दर्शन, नासिक दर्शन तथा शनि शिंगनापुर एवं शिरडी दर्शन का महाअभियान पूरा हुआ।

अब हम अपने होटल वापस लौट आये। दिन-भर की भाग-दौड ने हमें काफी थका दिया था। शाम होने पर वहीं पास के एक छोटे से होटल से हम सबने रात का खाना खाया। सुबह हमें मुम्बई निकलना था इसलिए सब जल्द ही सो गये। मुम्बई पहुँच कर मुझे एक खास चीज देखनी थी, जिसका नाम "ऐलिफेन्टा केव्स" है।

मुम्बई को मायानगरी के नाम से भी जाना जाता है। कहते है कि यहाँ पर आने वाला यहीं का होकर रह जाता है। वह यहाँ की माया से छूट ही नहीं पाता। मुम्बई महाराष्ट्र की राजधानी है। मेरा अब तक दो-तीन बार मुम्बई आना जाना हो चुका है। मेरे बड़े भाई श्री आनन्द शंकर पाण्डेय जी उस समय आई0आई0टी0, खड्गपुर से एम0बी0ए0 करके टाटा हेड ऑफिस में जाब पा चुके थे। इसके पहले वे बजाज आटो लिमिटेड़ पूणे में अपनी सेवायें दे रहें थे। उन्होंने अपने रहने की व्यवस्था कांदिवली में की थी। यहीं पर उन्हें पुत्र रत्न की प्राप्ति हुयी थी। इस अवसर पर मेरा अपनी माँ के साथ जाना हुआ था। समय निकाल कर हमने मुम्बई दर्शन कराने वाली बस से पूरे मुम्बई का दर्शन किया। पर्यटको को मुम्बई दर्शन कराने के लिए यहाँ पर बसें उपलब्ध रहती हैं। जो टैक्सी की अपेक्षा सस्ती भी हैं। ऐलिफेन्टा केव्स देखने की इच्छा थी लेकिन यह पूरी नहीं हो सकी। मैंने यह सोच कर अपने मन को तसल्ली दी कि चलो अगली बार जब कभी घूमने का प्रोग्राम बनता है, तो पहले इसे ही देख लेंगे।

इस बार हम पूरे जोश के साथ मुम्बई पहुँचे। इस समय नवीं मुम्बई में मेरे छोटे भाई श्री पुनीत शंकर पाण्डेय रहते थे। वे स्टेट बैंक में कार्यरत हैं।

हमारे रुकने की व्यवस्था यहीं पर थी। मुम्बई में रुकने की व्यवस्था का मिल जाना ही सबसे मुख्य काम है। यहाँ से हम सब लोग लोकल पकड़ कर जा पहुँचे गेट-वे-ऑफ इण्डिया। यहाँ से लगभग 11-12 किलोमीटर की दूरी पर ये गुफाएं एक छोटे से टापू पर स्थित हैं। टापू तक जाने के लिए पर्यटन विभाग की तरफ से मोटरबोटों की व्यवस्था की गयी रहती है। तारीख मुझे ठीक से ज्ञात नहीं पर सितम्बर का पहला हफ्ता था। वर्षा जोरों से हो रही थी। समुद्र के जलस्तर में कुछ वृद्धि हो जाने की वजह से बोट वाले ने ऐलिफेन्टा द्वीप जाने से मना कर दिया। मन उदास हो गया। जो घूमने आये थे, वहीं घूमने को नहीं मिला। बाकी सब तो मैंने पहले ही घूम लिया था। चर्च गेट से होते हुए हम नरीमन प्वाइंट पहुँच गये। नरीमन प्वाइंट मुंबई का नया व्यापारिक स्थल है। एअर इंडिया बिल्डिंग तथा मफतलाल हाउस एवं आर्ट गैलरी आदि को हमने दूर से ही देखा। दि ताजमहल होटल तथा दि ओबराय होटल ने सबके मन को मोह लिया। जुहू तथा चैपाटी की सैर करते हुए हम शाम को अपने घर पहुँचे। दूसरे दिन हमने लोनावाला तथा खंडाला जाने का निश्चय किया।

अगले ही दिन सुबह हम कार से लोनावला एवं खंडाला के लिए चल पड़े। कार चला रही थी, मेरे छोटे भाई पुनीत की होने वाली पत्नी। वो कार बहुत ही अच्छे ढंग से चला लेती है। एक बार तो शादी के बाद जब पुनीत का टांस्फर बलिया हुआ तो वे मुम्बई से बलिया तक कार में घर का समान लाद कर चलाती हुई आ गयी।

रास्ते में कहीं-कहीं पर वर्षा होती थी, पहाड़ों से झरने के रूप में गिरने वाला पानी काफी अच्छा लग रहा था। लोनावला तथा खंडाला भोर घाट पर स्थित दो रमणीक पहाड़िया है जोकि एक दूसरे से 5 किलोमीटर की दूरी पर स्थित हैं। मुम्बई से अगर आप पूना जाते है तो पहले खंडाला पड़ता है, तथा जब पूना से मुम्बई आते है तब पहले लोनावला पड़ता है। मुम्बई के निकट होने के कारण तमाम फिल्मों की शूटिंग यहीं पर होती है। लोनावला से लगभग 10 किलोमीटर की दूरी पर कारला की गुफाएं थी। जिसको चाह कर भी मैं नहीं देख पाया। वैसे आपको बता दे की पहाड़ों पर 10 किमी0 की दूरी कम नहीं होती है। और हमें अन्धेरा होने से पहले घर भी पहुँचना था।

हमने अब आगे न जाकर के लौटना शुरु किया। रास्ते में गाड़ी का टायर पंचर हो गया; ये और बात थी कि गाड़ी के टायर टयूबलैस थे, नहीं तो दिक्कत होती। आगे कुछ ही दूरी पर एक छोटी सी बाजार के पास पंचर बनाने वाला मिल गया। थोड़ी ही देर में उसने पंचर बना दिया। मैंने उसे 100 रूपये दिये। उस बाजार में चिक्की काफी बिक रही थी। एक डिब्बा चिक्की का भी मैंने ले लिया। हमें घर लौटते शाम के 8 बज गये थे। घर पहुँच कर सबने पहले चाय पी। इसके बाद एक साथ खाना खाया गया।

तीसरे दिन हमारी ट्रेन थी। पवन एक्सप्रेस में हम सब की कन्फर्म टिकट थी। सुबह होने पर हमने जल्द-जल्द अपने समान बांध लिए तथा नाश्ता-पानी करने के बाद हम अपनी ट्रेन पकड़ने के लिए निकल पड़े। इस प्रकार से हमारी यह मुम्बई यात्रा काफी सफल रही तथा सबको मजा भी काफी आया।

राजस्थान के शाही शहर, जोधपुर की सैर

मेरी ज्यादातर यात्राएँ शैक्षिक ही हुई हैं। मुझे अच्छी तरह से याद है कि सहायक स्टेशन मास्टर की जॉब के लिए उस समय अखबार में रेलवे का विज्ञापन आया था; शैक्षिक योग्यता स्नातक माँगी गयी थी। 1997 में मेरा स्नातक पूरा हो चुका था। मैंने फार्म खरीदा और उसे भर कर भेज दिया। कुछ महीनों के बाद अक्टूबर माह के पहले ही हफ्ते में डाक से एक लिफाफा आया; जब उसे खोला गया तो पता चला कि मेरा सेन्टर राजस्थान के जोधपुर जिले में स्थित किसी इंटर कॉलेज में है।

एक बार तो मन किया कि उतनी दूर जाना ठीक नहीं है, कारण यह है कि मेरी कोई इस परीक्षा को लेकर विशेष तैयारी तो हुई नहीं है। लेकिन जब कुछ दिन और बीता तब लगा कि जब फार्म भरा है तथा पोस्टल आर्डर में भी रकम खर्च ही की है; तब क्यों न चलकर परीक्षा दे ही दी जाये। यह भी तो हो सकता है कि जैसा मैं सोच रहा हूँ कि दूर होने कि वजह से परीक्षा छोड़ दी; ठीक वैसा ही अन्य परीक्षार्थी भी सोच रहे हों। यह भी तो हो सकता है कि मेरा पेपर अच्छा हो और मुझे नौकरी मिल ही जाये। कुछ नहीं होगा तो जोधपुर तो घूमने को मिल ही जायेगा।

काफी कुछ सोच-विचार कर, आखिरकार मैंने ट्रेन से रिजर्वेशन करा ही लिया। वाराणसी से मरूधर एक्सप्रेस सीधे जोधपुर तक चलती है। वह दिन भी आ गया जब मुझे घर से निकलना था। यह मेरी पहली इतनी लम्बी यात्रा थी, वो भी बिना किसी के साथ के यहीं सोच कर पिताजी भी डर रहे थे। उन्होंने तो कहा भी कि "जाने दो, कोई जरूरत नहीं है इतनी दूर जाने की।" मगर मेरी जाने की तैयार पूरी हो चुकी थी। कैमरा सहित जरूरत के सारे सामान को मैंने अपने बैग में पहले ही रख लिया था। यात्रा की योजना कुछ ऐसी थी की एक दिन पहले ही जोधपुर पहुँच कर पहले उसे घूम लिया जाये, साथ ही साथ अगर समय मिलता है तब अपने परीक्षा केन्द्र को भी देख लूँगा।

दूसरे दिन वहाँ से रात में एक पैसेन्जर ट्रेन जैसलमेर को जाती है; उसे पकड़कर जैसलमेर चले जायेंगे। एक-दो दिन उसे घूम कर वापस जोधपुर आ जायेंगे फिर जोधपुर से जयपुर चलेंगे। जयपुर में रुकने के लिए एक परिचित का पत्र भी ले लिया था जिनकी रिश्तेदारी जयपुर में थी। जयपुर से वापिस लौटने का भी टिकट एक हफ्ते बाद का मैंने उसी ट्रेन से पहले ही कटा लिया था। कुल मिला कर एक हफ्ते का अच्छा-खासा टूर का प्रोग्राम बन गया था।

बलिया से ट्रेन पकड़कर हम वाराणसी पहुँच गये। मैंने पहले ही बता दिया है कि यह मेरी पहली इतनी लम्बी यात्रा होने जा रही थी; इसलिए मन किसी अनहोनी की आशंका में बहुत ही व्याकुल था। ट्रेन यहीं से चलती है अभी वह वाशिंग पिट में ही थी। अपने निर्धारित समय से वह एक घण्टा की देरी पर थी। मैं स्टेशन पर ही चहलकदमी कर रहा था। स्टेशन से बाहर आकर मैंने एक पी0सी0ओ0 से घर पर फोन किया। फोन पापा ने उठाया। वह कह रहे थे कि "बेटा परेशान होने की जरूरत नहीं है, वापस घर चले आओ, कोई फायदा नहीं है उतनी दूर जाने का।"

इसके पहले मैं भी यहीं सोच रहा था कि आखिर क्या मिलेगा मुझे इतनी दूर जाकर? लेकिन पापा को फोन करने के बाद मैंने ढ़ृढ़ निश्चय कर लिया की डरने की कोई जरूरत नहीं है। अगर मैं आज डर गया तो यह डर हमेशा ही मुझे परेशान करेगा। अतः मुझे डरना नहीं चाहिए, पता नहीं जिन्दगी में मुझे अकेले कहाँ-कहाँ जाना पड़े।

ट्रेन प्लेट्फार्म पर लग चुकी थी। मैंने अपनी सीट खोजकर अपना सामान अच्छे से जमा लिया। मध्य वाली सीट थी मेरी। कुछ ही देर में ट्रेन स्टेशन छोड़ चुकी थी। घर से मैं अपने साथ बाटी-चोखा लेकर के चला था। जब शाम के 8 बज गये और खिड़की से बाहर देखना बन्द हो गया तब मैंने अपनी पोटली खोली और भोजन करना शुरू कर दिया। उस समय एक बार फिर घर की बड़ी याद आई। घर पर बात हो चुकी थी। मैंने पापा को बता दिया था कि मैं ट्रेन पर बैठ गया हूँ। जोधपुर पहुँचने पर फिर से फोन करूँगा। खाना खत्म कर लेने के बाद, मैंने अपनी सीट उठाई और उस पर लेट गया। मेरे सामने की तथा नीचे वाली सीटे जबकि खाली ही थी, लेकिन मैंने अपनी वाली

ही सीट पर लेटना ज्यादा उचित समझा। दिन-भर की भाग-दौड़ के कारण काफी थकान लगी थी इसलिए जल्द ही नींद आ गयी। रात में एक बार नींद तब खुली जब मेरी सामने वाली सीट के यात्री आ गये थे। उन्होंने आते ही बोगी की लाईट जला दी तथा अपने सूटकेस आदि सामानो को सीट के नीचे सरकाने लगे। इसके बाद उन्होंने खाना खाया, फिर अपनी-अपनी सीटों पर लेट गये। उनकी बातचीत से मुझे पता लग गया कि वे मुस्लिम थे। जिनमें दो औरतें तथा एक आदमी था। बोगी की लाईट एक बार फिर से बन्द हो चुकी थी।

सुबह जब चाय वाले बोगी में घुस कर चाय-चाय चिल्लाने लगे, तब जाकर हमारी नींद खुली। हमने जल्द ही मंजन आदि कर लेना उचित समझा। क्या पता कब बोगी में पानी खत्म हो जाये? इसके बाद चाय का स्वाद लिया गया। कुल्हड़ में चाय का स्वाद कुछ ज्यादा ही बढ़ जाता है। तब तक हमारे पड़ोसी लोग जोकि रात में मेरी नींद को खराब किये थे, जग गये। अब उनसे बातें होने लगी। बातों ही बातों में पता चला कि वे लोग अकबरपुर (अम्बेड़करनगर जिला) से हैं तथा ख्वाजा की दरगाह पर चादर चढ़ाने अजमेर जा रहे हैं। दोनों औरतो में एक शादीशुदा थी, जिसका आदमी कांग्रेस पाटी का सदस्य था। दूसरी वाली जिसका नाम सब्बा था, अकबरपुर के बी0एन0केबी कॉलेज में पढ़ती थी। मैंने उससे पूछा कि "मेरे मामा भी उसी कॉलेज में मनोविज्ञान के प्रवक्ता है उनको जानती हो?"

उसने "हाँ" में अपना सर हिला दिया। अब तक हमारी काफी अच्छी जान पहचान हो चुकी थी।

अलवर आने पर ट्रेन कुछ देर के लिए रुकी। मुझे यह मालूम था कि अलवर का मिल्क केक काफी मशहूर है। लेकिन फिर भी मैं अपनी सीट पर बैठा ही रहा क्योंकि काफी लोग चढ़ उतर रहे थे। इतने में सब्बा मिल्क केक लेकर आ गयी और अपनी भाभी एवं भैया को देने के बाद मुझे भी एक टुकड़ा खाने को दिया। सच में काफी स्वादिष्ट था। अब अगला बड़ा स्टेशन मथुरा था। इस बार ट्रेन के रुकते ही मैं उतर कर आधा किलो पेड़ा ले आया। सबको एक-एक पेड़ा दिया। मथुरा का पेड़ा भी काफी मशहूर है। इसी तरह से खाते-खिलाते ट्रेन अब जयपुर पहुँच गयी। यहाँ पर इस परिवार को अब उतरना था। उनकी

आगे की यात्रा अब बस से थी। हमने एक-दूसरे से विदा ली तथा मैंने यह वादा किया कि वापस लौटानी में आपके घर जरूर आऊँगा।

जयपुर में ट्रेन काफी देर तक खड़ी रही। मेरी बोगी एकदम से खाली हो गयी। अजमेर जाने वाले ही यात्री ज्यादा थे। शाम का समय था। मन में फिर डर सा लगने लगा। यहाँ तक की यात्रा तो काफी अच्छी थी। सच कहिए तो पता ही न चला लेकिन अब आगे न जाने क्या होगा? यहाँ से सेना के जवान बोगी में चढ़ने लगे। सारी बोगी उनसे ही भर गयी। मैंने भी अपनी सीट पर लेट जाना ही उचित समझा। जोधपुर अभी दूर था। सारी रात ट्रेन पटरियों पर तेज रफ्तार से भागती रही।

17 अक्टूबर 1999 को सुबह जब आँख खुली तो हम सनसिटी यानि की जोधपुर में थे। स्टेशन से बाहर आकर सबसे पहले मुझे एक सस्ता सा होटल खोजना था जोकि रेलवे स्टेशन के ही आस-पास हो। मैं अक्सर रेलवे स्टेशन के आस-पास ही रूम लेना पसन्द करता हूँ। इसका कारण यह है कि स्टेशन के पास दिन-रात चहल-कदमी रहती है। लोग आते-जाते रहते हैं। जिससे मैं अपने आप को सुरक्षित महसूस करता हूँ। दूसरा कारण यह है कि नई जगह होने के बावजूद भी आपको अपना होटल ढूँढने में जरा भी दिक्कत नहीं रहती। खैर मेरे थोड़े से ही प्रयास से स्टेशन रोड पर ही अशोका होटल मिल गया। एक दिन का भाड़ा था मात्र 70 रूपया। मैंने दो दिन के लिए अपना कमरा बुक कर लिया। खाना खाने के लिए बाहर जाना पड़ता था। अपना सामान होटल की अलमारी में रखने के बाद मैं बाहर आ गया। होटल से थोड़ी ही दूरी पर एक खाने-पीने का रेस्टोरेंट था। वहाँ पहुँच कर मैंने राजस्थानी थाली का स्वाद लिया।

खाना खा लेने के बाद ऑटो को बुक करके, सबसे पहले मैं मेहरानगढ़ पहुँचा। मेहर का अर्थ- सूर्य होता है। राठौड़ों ने सूर्यवंशी होने के कारण ही इस किले का नाम मेहरानगढ़ रखा था। जोधपुर शहर के ठीक पीछे पहाड़ी पर खड़ा यह दुर्ग काफी भव्य है। इस किले का निर्माण राव जोधाजी ने 1454 ई0 में करवाया था। इस दुर्ग के कई हिस्सों में मोतीमहल, शीशमहल तथा फूलमहल आदि प्रमुख हैं। यहाँ पर ऊपर जाने के लिए लिफ्ट की भी व्यवस्था थी। उस

समय नवरात्री चल रही थी। माँ दुर्गा के मंदिर में जाने वालों की अच्छी-खासी भीड़ थी। मैंने लिफ्ट की जगह पैदल ही ऊपर तक जाने का निश्चय किया। ढलवा रास्ते पर एक दम से सीधी चढ़ाई थी। थोड़ी ही देर में मेरी सांस फूलने लगी। ऐसा लगा कि दम ही निकल जायेगा। मैंने ऊपर जाने के प्रोग्राम को कैंसिल कर दिया और कुछ देर तक वही बैठा रहा; जब तक की मेरी सांसें नार्मल नहीं हो गईं। अब मैं मेहरानगढ़ से बाहर निकल आया। मैंने सोचा कि सबसे पहले आस-पास जो जगह हैं, उसे ही घूम लिया जाये, कल फिर आकर लिफ्ट से ऊपर जाकर इस किले को देखा जायेगा।

यहाँ से हमने एक ऑटो बुक किया। कुल मिला कर डेढ़ सौ रूपये में बात पक्की हो गयी। उसे लेकर के जसवंत थड़ा पहुँचे जोकि ज्यादा दूर नहीं है मेहरानगढ़ से; बमुश्किल एक किलोमीटर की दूरी होगी। यह राजा जसवंत सिंह द्वितीय की याद में बनवाया गया है। राजा जसवंत सिंह को जोधपुर के निवासी एक देवता की भांति पूजते थे। जसवंत सिंह की छतरी मंदिर के आकार में बनाई गई है। जसवंत सिंह के पुत्र राजा सरदार सिंह ने इसे 1899 ई0 में मकराना से लाए गए संगमरमर के पत्थरों से बनवाया था।

जसवंत थड़ा घूम लेने के बाद ऑटो मुझे लेकर के उम्मेद भवन गया। यह एक पैलेस है जो जोधपुर की शान है। यह अंग्रेजी शासन के काल में निर्मित अंतिम महलों में से एक है। राठौड़ वंश के अंतिम शासक महाराज उम्मेद सिंह ने इस भवन के निर्माण का कार्य 1929 ई0 में शुरु करवाया था, जो लगभग सोलह वर्षो में बनकर तैयार हुआ था। कहा जाता है कि 347 कमरों वाले इस महल के निर्माण के पीछे जनकल्याण की भावना छिपी थी। उस समय भीषण आकाल से जूझती अपनी प्रजा को रोजगार देने के लिए ही इसका निर्माण करवाया गया था। वर्तमान में इसका एक बड़ा हिस्सा होटल में तब्दील कर दिया गया है। इस शाही होटल में 94 कमरे और सुइट हैं। इसमें संग्रहालय भी है जिसमें प्राचीन कलाकृतियां, हथियार, राजशी परिधान, बर्तन, पेन्टिंग एवं घड़ियाँ आदि रखी गयी है। इसमें एक सिनेमा यानि की थियेटर भी है।

25 एकड़ की भूमि में फैली इस खूबसूरत मानव निर्मित संरचना को देखकर तो मैं एक बार दंग रह गया। मैंने सोचा जब यह बाहर से इतना सुंदर है

तो अंदर से कितना सुंदर होगा! क्यों न अपने उस होटल को छोड़कर इसी में रुक जाऊँ। यह सोचकर मैं महल के अन्दर चला गया। रिसेप्सन पर पहुँच कर जब मैंने इसके कमरे का रेंट पूछा तो मेरे कदमों के नीचे से जमीन हिलने लगी। सबसे कम जो रेंट था उस समय 5000 रूपये रात भर का। इतना तो मैंने सपने में भी नहीं सोचा था। तमाम विदेशी पर्यटक इस महल में रुके हुए थे। मैंने मन ही मन विचार किया कि इतने पैसे खर्च करके तो मैं पाँच बार जोधपुर घूम लूँगा।

मैं तुरंत अपने ऑटो वाले के पास आया। उसे मेरे इतनी जल्द वापस आने की कोई उम्मीद नहीं थी। मुझे देख कर उसने चौंक कर पूछा "अरे साब इतनी जल्द!"

मैंने उससे कहा "अभी काफी समय बचा है और कोई जगह अगर बाकी रह गयी हो तो चल सकते हो।"

उसने मुझे एक चिड़ियाघर की सैर कराते हुए वापस मेरे होटल पर छोड़ दिया। दिन-भर की भाग-दौड़ के बाद शरीर वैसे भी जवाब दे चुका था। रात का खाना खाने के बाद तुरंत ही नींद के आगोश में चला गया।

सुबह जब नींद खुली तब घड़ी 8 बजा रही थी। आज तबीयत कुछ अच्छी नहीं लग रही थी। चाय पीने के लिए रूम से बाहर निकला। मुझे ऐसा लग रहा था कि अब आगे की यात्रा रोकनी पड़ेगी; कारण यह था कि मेरी सास काफी फूल रही थी। चाय पीकर मैं अपने रूम में आया और विचार किया कि अगर तबीयत ज्यादा खराब हो जायेगी तो यहाँ पर कोई देखने वाला भी नहीं है। यह विचार आते ही मैं रेलवे स्टेशन की तरफ बढ़ चला। सुबह का समय था, रिजर्वेशन काउन्टर पर भी कोई भीड़ नहीं थी, मैंने अपना पहले का टिकट कैन्सिल करवा दिया तथा मरुधर एक्सप्रेस में आज का वापसी का टिकट ले लिया।

अब एक ही काम बाकी रह गया था; मेहरानगढ़ में स्थित चामुंडा देवी का दर्शन करना। जो राव जोधाजी की इष्टदेवी थी। इसके लिए मैं नहा-धोकर आराम से अपने होटल के रूम से बाहर आया। बाहर आते ही मुझे ऑटो मिल गया जो मुझे दुर्ग तक ले गया। मेरे मन में आज यह सोच कर तसल्ली थी कि चलो आज लिफ्ट के माध्यम से ही उपर जाना है। आज तो आराम से नवरात्रि

में माँ के दर्शन भी करने का सौभाग्य मिल जायेगा। मगर होनी को तो कुछ और ही मंजूर था। जब मैं टिकट लेने के लिए टिकटघर गया तो पता लगा कि आज लिफ्ट में कुछ खराबी आ जाने की वजह से वह बन्द कर दी गई है। मैं हताश-परेशान सा वहीं पर एक जगह बैठ कर सोचने लगा कि आखिर ऐसा क्यों मेरे साथ घट रहा है? माँ अपने दर्शन क्यों मुझे नहीं दे रहीं हैं? मुझे याद आया कि जोधपुर आते समय ट्रेन में मैंने आमलेट खाया था। हालाँकि कुछ यात्रियों ने मेरी इस गलती की तरफ मेरा ध्यान दिलवाया था और मैं हँस कर टाल गया था। मुझे लग रहा है कि इसी गलती की सजा आज मुझे मिल रही है। यहाँ से मैं अपने होटल के कमरे में वापस लौट आया। अब यहाँ से वापस लौटने की तैयारी के लिए अपने सारे समान को बैग में रखा। काफी अफसोस रहा कि जोधपुर की इस यात्रा के कार्यक्रम में जैसलमेर की सैर नहीं हो पायी। जयपुर भी बाकी रह गया।

www.ingramcontent.com/pod-product-compliance
Lightning Source LLC
LaVergne TN
LVHW100555051026
849519LV00003B/975
* 9 7 8 9 3 8 8 3 6 5 9 6 3 *